元農大女子には悪役令嬢はムリです！

Motonodaijoshi niwa akuyakureijo wa muridesu!

2

早田　結
ill. 桶乃かもく

contents

Motonodaijoshi niwa akuyakureijo wa muridesu!

王妃ユリアと謎の魔草

マリアデア王国はこのひと月ほどの間ずっと祝賀ムードだった。

王子が生まれ、その報せが国中を巡ってからというもの、第一王子誕生のお祝い騒ぎがまだ続いている。

「嬉しいけど、ちょっと恥ずかしいわ」

ユリアはソファでのんびりしながらカップを手に取った。

もう一か月半ほどは過ぎたので仕事に復帰し始めていた。心配性のローレンはうるさく言うが、ユリアは超安産だったこともあり、もう自分としては完全復活でもいいと思っている。それでなくとも妊娠中は行動が制限されていたのだ。

「王妃様、お約束のお時間です」

侍従が知らせに来た。今日は厚生部大臣が急ぎで頼み事があるという話だった。

間もなく厚生部の大臣が従者を従えて訪れた。従者は大事そうに何かを運んでいる。麻袋からヒョロリと顔を出して小さな植物が生えていた。袋から出ている部分は手のひらくらいの丈で少々萎びている。花はなく葉は細い楕円形。色は濃いめの緑。下部のほうの葉は枯れていた。

「苗?」

ユリアが立ち上がろうとするのを「どうか、おくつろぎのままでいてください」と厚生部大臣は止めた。

新しい大臣だ。ユリアがお産や産後の肥立で籠もっている間に厚生部の大臣は変わっていた。前の大臣は人格と能力の両面で問題のある人だったらしい。ローレンが「今度の大臣は頼もしいし優秀だよ」と褒めていた。

「初めまして王妃様。厚生部大臣を務めさせていただいております。ロウ・クーロントと申します」

にこりと微笑んだロウはなかなか渋くて素敵な男性だった。

(ぅ、イケオジ。父と雰囲気が似てる)

ユリアは父フェルナンに似た男性に弱い。初めて理想の男性と思ったのが父なのだから刷り込み効果というものか。なぜか頬が火照る。

「初めまして。ご丁寧な挨拶をありがとうございます。主人からお噂は伺っております。ご多忙と思いますが、今日はどうされましたか」

ユリアは、ロウから苗に視線を移した。

「噂というのは気になりますが、今日はこの薬草のことで参りました」

ロウは失礼します、と苗の袋をテーブルに置き「安全は確かめられています」と言い訳のように言う。

「ええ。気配が綺麗なので、安全な子ですよね」

ユリアが頷くとロウが微笑んだ。

「王都西部グラメル領ロバンヌ村の森で見つかった魔草です。村では古くから薬効の高い魔草として知られていました。それが三年ほど前にひどく流行病が広まった時に採り尽くされ、それきり見なくなっていました。これは地元の木こりが大雨で崩れた崖下で見つけたそうです」

と大臣は薬草を手で示し話を続ける。

「土が崩れてもう駄目かと思われたそうですが、麻袋になるべく根の周りの土ごと入れて運んだらなんとか生きているという状態です。もう二度と見つからないかもしれません。それで作物に詳しい王妃様に見てもらえないかと村長が持ってきたのです」

ユリアはロウの説明を聞き、改めて苗を見た。確かにだいぶ弱っている。

「かわいそうに……。魔草は、移植はまずできないものですが。周りの土砂ごと崩れた時にも根を傷めたでしょう。その周りに魔草は？」

「探し中ですが、あまり人の足で土を固めてしまうのも不味いので遠目に眺めて探しているようで、もう駄目かもしれないと地元は諦めている感じですね」

ロウは眉をひそめる。

「わかりました。心血注いでこの子を復活させます」

ユリアが拳を握ると、周りの侍女たちとロウが慌てた。

「し、心血は注がないでください、魔草の専門家も手伝いに派遣しますから」

「心血注いだくらいで私は死にませんよ」

ユリアは大臣を安心させるために冗談交じりに答えるも、視線は魔草に釘付けだった。

「いいえ、そんな、王妃様、ほどほどで……」

「全力で尽くしますから、ご安心を！」

ユリアが良い笑顔で言い切り、ロウは「王妃様の手伝いは早々に寄越しますから、そっちをこき使ってください。こちらは簡単なものですが資料です」と言い置いて案じながら退室した。

ユリアが魔力を測る魔導具を取り出し、テーブルの上で魔草の入った麻袋を広げたりしているうちにロウが寄越した人材がやってきた。王宮で庭師をしているバッカスという青年と王立研究所勤務のジニという男性だ。

バッカスは少年のように年若く見えたが十八歳だという。ハキハキとして元気だ。小柄だけれど意外にがっしり体型で茶目に茶髪が子犬っぽく可愛かった。

ジニは中背細身で魔導士らしい生真面目そうな、黒髪に灰色の目の二十代後半くらいの男性だった。少々緊張気味の「魔草の研究をしております」という自己紹介の言葉にユリアの心が躍ったのは言うまでもない。話が合いそうだとつい期待した。

三人は早速、テーブルの魔草に向き直った。

「この魔草はなんというのですか」

ジニは若干、気疲れした顔でそう言った。

「ロウ大臣から聞いてないの？」

ユリアが尋ね返した。

「ただ弱った珍しい魔草としか伺っていないのです」

「僕もです」

バッカスが情けない顔で同意する。突然、名前も知らない魔草の面倒を依頼されたのだから情けなくもなるだろう。ふたりは他の仕事があったはずだ。

「ロウ大臣が置いていった資料を見てみましょう」

ユリアは魔草の袋と一緒に置かれた資料を手に取った。資料というより、紙切れのようだ。四枚くらいしかない。

王妃ににこやかに誘われてジニとバッカスはテーブルに広げられた資料を一緒にのぞき込み、ユリアが読みあげた。

「陽月草《ようげつそう》。あるいは熱取り草、ただの「熱取り」と呼ばれることもある。解熱に特効あり。副作用はない。幼児や乳児にも使える。花と葉に特に薬効がある。茎は叩いて潰して捻挫に張ると熱を取る。花と葉は生をすり潰して汁を水で薄めて飲む。どちらも同じほどに効くが、葉は乾燥させて薬茶にしても二割くらいの効果がある。花の薬効は生のみ」

他の三枚は陽月草の絵と地図だ。

地図には「絶滅が危惧される」というグラメル領薬師協会の所感がメモ書き程度に書かれていた。以前は群生があったがなくなったという場所は日付とともに地図に×印が記され、最後の一か所を残すのみとなっていた。

六年ほど前からこの魔草が減っていることがわかる。

(六年前……)

なにか引っかかりを感じる。六年前という言葉に意味があるような気がするのだ。

(なんだっけ……)

少なくとも、この魔草の名に聞き覚えはない。

「陽月草なんて聞いたことがないわ」

ユリアがぽつりと言うとバッカスも頷いた。

「村での通称ですかね」

ジニが資料に視線を落としたまま首を傾げる。

「領地の薬師協会の資料にさえ載っていないのなら正式な名前はないのかも」

ここで言う「正式な名前」は学名とは別に、国の公的資料で記録された名前も含める。魔草の珍種が多いマリアデア王国には世界共通の学名のない植物は多々あった。

「あり得ますね」

正式な名称があるか否かは調べなければならない。とりあえず名前の件は後回しだ。

まずは魔導具で魔草の魔力を測る。魔導具は魔法石の付いた立派なものだ。ペン先のような突起があり、それを対象物に当てて使う。

魔力測定は魔力の高い魔草を調べる基本だ。ユリアもジニもバッカスも専門家らしく、こういう時には念入りに魔力を測ろうと考える。ユリアにとってはワクワクして楽しみな下調べでもある。

魔草は部位によって魔力の属性が違う。例えば茎は「土」属性が高く、花は「風」が強いなどという細かい差があるのはよくあることで、薬効も茎や実や葉でそれぞれ違っていたりする。ゆえに細かく測っていく。

ジニに測定を任せると、ジニは慣れた手つきで土の表面を土魔法で少し解し、まずは根の部分に魔導具を当てた。魔導具の魔法石は青灰色に眩く輝いた。土属性の黄色い光も見えるが、青灰色に隠れてしまいそうだ。

その魔力の強さに三人は目を見開いた。これは薬効が高そうだ。

「闇、ですね。それから土」

ジニが独り言のように呟く。

(根は毒かもね)

とユリアは心中で思う。

根の闇がどんな性質かも調べる必要がありそうだ。だが、それは魔草が元気になってからだろう。

ジニは魔導具を滑らせるように移動させ、根元近くの茎を調べる。

今度は魔法石は黄色く輝いた。その黄色の片隅には青灰色の小さな光も見える。

「闇は僅か、です……土が多い」

ジニがさらに上方に魔導具を移動させて測る。

魔法石の中にちらついていた青灰色の光はすっかり消えて、きれいな黄色と青色の輝きだけだった。

「土……と水。闇はない」

魔導具の反応はわかりやすかった。

この魔草は、根には青灰色が強く、根から離れて上にいくほど黄色と青が強くなる。素直に色が変化していく様は気持ちが良いくらいだ。これなら、葉には闇は混じっていないだろうと推測できた。

茎を測り終えたジニが葉を測り始めた。

一番下に生えている、萎びて枯れかけた葉は、黄色い光も少しはあるがほとんど魔力は消えている。

それでも、少しは魔力が残っているので枯れかけても薬草に使えるだろう。土の質を強める薬茶ができそうだ。資料にも乾燥させた葉を使った薬茶にも二割の薬効ありと書いてあった。

魔力が高いと薬効が強く出る。どこもかしこも調べる必要がある。

下から順に葉を調べていく。魔導具の光は青と黄色の二色だ。葉は土属性と水属性が強いことがわかる。

真ん中くらいの葉を調べた時だ。不意に、魔導具の光に金色が混じった。

「え?」

ユリアが思わず声をあげ、ジニは手を震わせた。

「こ、これは、光……」

バッカスの声ではあるが三人ともに心情は同じだ。ジニは再度、丁寧に測定をした。

確かに、金の光が見える。

「こんなに強く……」

(根が闇だったのに?)

ひとつの植物の中に光と闇が共存する例はほとんどない。

学会で発表された学術論文では「まだ萌芽のころに打ち消し合ってしまうため」とその理由を推測している。

相反する力がひとつところにあるのは難しい。僅かずつであれば、共存した事例はある。だが、陽月草にはこんなにはっきりとある。

（これは……マズいかもしれない……）

ユリアがそっとジニとバッカスに視線を投げると、ふたりも呆然とユリアと視線を合わせた。

三人は黙々と測定をした。

茎の上のほうに茂る葉を測定するごとに、光属性の魔力を示す金色が濃くなる。もう間違いようもない。

「この結果は、極秘だわ」

ユリアが呟くと、ジニとバッカスも深々と頷いた。

三人とも、何も相談する前からそれしかないとわかっている。

世界には数多の生き物がいて、未だ知られていない希少な種もそこかしこに隠れている。この陽月草がそんな貴重な珍種のひとつであることは間違いない。

迂闊に情報を漏らすと魔草の採れた村の山や森が心ない輩に荒らされかねない。三人が優先してやらなければならないことはこの哀れな魔草を復活させることだ。

もしも珍種の魔草だと知られたら、外部から横やりや問い合わせが大量に押し寄せるだろう。そんな邪魔は困る。

測定結果を書き記しながら闇属性と光属性がどうやって共存したのだろうかとか、この魔草なら重い流行病にも効きそうだとか、思考は忙しなく巡っていく。

魔草と呼ばれる植物は魔力が高いが、どこから魔力を吸収しているのかはわかっていなかった。おそらく、土の中からだけでなく空気中からだろうと考えられていたが、どうやってかははっきりしない。状況証拠からすれば「空気中からだろう」としか思えないのだが。

要は、状況証拠的にホシがわかっているが、凶器と動機がわからない事件のようだ。魔草は謎に包まれた種だ。

そんな魔草の中でもとりわけ謎を秘めた魔草が三人の目の前にあり、死にかけていた。

「まずはどうやってこの弱った魔草を助けるかですね」

とジニが仕切り直した。

「根の健康状態が心配だわ。だいぶ傷んでいるでしょうから」

「ですね。絶滅危惧種でなければ諦めているところです」

バッカスが頷く。

「まぁ、そこまで悲観的ではないと思いますよ。見つかったのが三日前という話ですね。三日間経ってこの程度のダメージということは、これから持ち直す確率は半々というところでしょうか。測ったところ、魔力はまだ十分に保持しているようですし」

ジニが考えながら推測を述べる。本音では半々よりも良さそうな気もするが、相手は魔草だ、一筋縄ではいかないだろう。

「そうね。高い魔力は救いよね。普通の場合なら土魔法を込めた水をやったりして、ゆっくり根の回復を待つのだけれど」

「魔草の場合もそれが王道ですが。さらになにか工夫できないでしょうか。例えば、陽月草の根は闇魔法を纏っていますから、闇属性の魔力を水に加えるとか……いえ、もちろん、例えばの話ですが」

バッカスが熱心に、かつ、おずおずと考えを述べた。

「下手なことはできませんが、野生の状態がわかればその環境をなるべく再現したいところですね」

「そうですね、状況的に元の状態はわかりにくそうですが」

バッカスが案じるように呟く。

崩れた土砂の中で魔草が拾われたという状況は三人とも聞いていた。

「共生植物が必要な魔草かもしれないわね。こういう特殊な薬草は、よくあるでしょう」

ユリアが言うと「ああ、あり得ますね」とジニが頷く。

「共生植物……あるいは、共存植物ですね」

共生植物とは、植物同士で助け合う植物のことだ。または、どちらか一方が一方的に助けられる場合もある。

例えば、ある種の植物は虫除け効果をもち、虫にやられやすい植物を助けることがある。または、互いに根に溜める栄養を分け合うこともある。

「もしかして、根に闇の魔力をもつ植物がそばにいたら……」

バッカスがぶつぶつと考え込み、ジニが苦笑した。

「さぁ、それは確かめに行かないと……調べてみましょう。先ほどの資料で陽月草の群生の場所はわかるから、その辺りに闇属性に関わる野草が生えていたかどうか」

「地元のひとに尋ねればわかるかもしれませんね」

バッカスが元気に答えた。

王都西部グラメル領ロバンヌ村は陽月草の採れたところで、陽月草は村の固有種と考えられる。地図によるとロバンヌ村までは騎馬なら半日の距離だ。バッカスとジニは、乗馬は得意という。研究者としての機動力を確保するために馬には乗り慣れている。

ユリアは生まれたてほやほやの我が子がいるので今回は現地調査に同行するのは諦め、ジニとバッカスに委ねることにした。

「あのね、ジニ、バッカス。ちょっと気になることがあるの」

ユリアはようやく思い出したことをふたりに伝えようとした。

ふたりの会話を聞いていて、六年前という言葉がなぜ引っかかっていたのかを思い出した。

「はい、なんでしょう、王妃様」

ジニが答え、バッカスも「はい」と頷く。

「陽月草は六年くらい前から数を減らしてるわよね。それで、思い出したのよ。八年くらい前から売り出されて、違法な成分が入っていたために製造中止になった除草剤を」

「あ……」

ジニも思い出したらしく目を見開いた。

当時十歳だったバッカスは覚えていないらしい。

「『草取り魔法薬』ですね」

ジニは眉間に皺を寄せて険しい顔になった。

「草取り魔法薬？」

すごい名前だな、とバッカスが思わず呟く。

ユリアはバッカスに説明をした。

そのものズバリすぎる除草剤「草取り魔法薬」は八年ほど前に発売された。ユリアは当時のことは覚えている。ベルーゼ領では幸い使われていないが、コルネール領の一部の農家で使ってしまった。除草の効果はとても高かったが、明くる年からある種の野菜が生えなくなった。かろうじて芽を出した野菜の生育も悪い。調べてみると瘴気濃度が桁違いに上がっていた。

「草取り魔法薬」は瘴気の溶かし込まれたような薬液が使われていたことがわかった。しかも、その薬液はドマシュ王国からの輸入品だった。第二妃イレーヌが関わっていた。

「瘴気を使った除草剤の話は、そういえば読んだことがあります。名前までは覚えていませんでした。そうか、時期が合っているとすると関係するかもしれませんね」

当時は騒がれた話だ。記録は至るところに残っている。

「そうだな。あの除草剤は、根が繋がっていたり地中で根の触れている雑草は皆、汚染を広げるように除草してしまうからね」

ジニが思い返しながら眉間の皺を深めている。

「確認しておきましょう」

「ええ、よろしくね」

明くる日、ロバンヌ村へと騎馬で向かうふたりをユリアは見送った。

慌てずに安全第一で調べてきてほしいと送り出したが、ふたりとも陽月草が心配なのか二日で帰ってきた。

「王妃様、あの除草剤が関わっていました」

バッカスたちは早速報告してくれた。

ロバンヌ村には「偽野ブドウ」という手強い雑草があった。畑にはびこると始末するのは困難だった。それで、効くと評判だった「草取り魔法薬」を使った。

みるみる偽野ブドウは消えていったという。だが、明くる年から野菜の生育が悪くなった。瘴気が増えたからだ。王宮からも除草剤の悪影響に関する報告があり、「草取り魔法薬」はグラメル領では使用禁止とした。

だが、陽月草と偽野ブドウには手遅れだった。

「偽野ブドウと陽月草が減っていったのは同時だったそうです。すっかり姿を見せなくなったという偽野ブドウの特徴を聞いて探してきました」

ジニが運んできた苗を見せた。葡萄によく似た葉を持つ蔓草だった。

「実は小粒で甘みも酸味もなくて、毒ではないですが食べられたものじゃないそうです。だから偽野ブドウと呼ばれてるんですね」

バッカスが村で聞いてきた話をユリアに教えた。

「鑑定の魔導具で調べてみましたら、根に闇の魔力が強く出ました」

生真面目なジニが興奮を抑えられない様子だ。

「昔からの相棒を陽月草の隣に植えてあげましょう」

ユリアが笑顔で提案すると、ジニとバッカスが頷いて答えた。

ユリアは陽月草の様子を見ながら葉の表面に光魔法の滋養をごく僅かずつ与えてみた。経過は良いようで三人は安堵した。

半月後。

陽月草はすっかり健康体となり、花のつぼみが膨らみ始めた。


さらにひと月が過ぎたころ。

ジニとバッカスはロバンヌ村の村長たちに調査報告書を提出しに向かった。

報告書には「草取り魔法薬」が森や草原の偽野ブドウにも使われたために激減したこと。偽野ブドウが陽月草の生育には不可欠であること。偽野ブドウを増やすために、瘴気の残った森や草原の対策が必要であることが記されていた。

村長と薬師協会の会長、副会長、それに村の役付きたちは神妙に報告を聞いた。

「草取り魔法薬の害については、当時、野菜が育たない畑が激増したので慌てて使用禁止にした経緯があります。光魔法の浄化薬も使いました。それで、畑のほうはなんとか回復したのですが。まさか、陽月草もそれで絶滅しかけたとは……」

村長は項垂れた。

「私どもは、実は……薄々気が付いていました。陽月草の消えていった時期が草取り魔法薬を使い始めた頃と同じでしたから。ですが、偽野ブドウは丈夫で繁殖力も強い雑草で畑にはびこると始末ができず、畑を捨てる農家もあったくらいなのです」

薬師協会の会長も項垂れた。

グラメル領主は、光魔法の浄化薬を使って「草取り魔法薬」の影響が残った畑以外の地域も始末をした。

のちに、生き残っていた偽野ブドウを増やした。川で隔てられて畑に影響のない地域を選んで植えた。

王宮に運ばれていた陽月草は順調に育ち、種が五十粒ほど採れた。増えにくい魔草のわりに採れたほうだろう。貴重な種は村に運ばれて偽野ブドウの畑に撒かれた。

ユリアは陽月草の種を五粒ほど分けてもらっていた。

これから行うことはロバンヌ村やグラメルの領主たちには話せない。ユリアの秘密だからだ。植物の葉表面に光魔法の「滋養」を与え、植物の生長を倍加させる技はユリアしかできない。魔導学園では光魔法属性をもつ生徒にそういう技があることは伝え、教えようと試みているが成功例がない。

そんなわけでジニとバッカスには極秘を条件に伝えてある。

慎重に管理された一画にユリアは偽野ブドウを植え付けた。

ロバンヌ村で草取り魔法薬を使ったのは理由があった。偽野ブドウは畑の天敵だった。畑にとっては非常に厄介な害草だったのだ。

偽野ブドウは野生ではあまり見ない。山野ではモブな雑草だ。大して繁殖力の強い雑草ではない。野生の状態では、むしろ弱小雑草なのだ。

ところが、畑では違う。それは、偽野ブドウの性質による。

偽野ブドウは、他の雑草を押しのけて繁殖する力はない。他の雑草の日陰になったり、雑草のライバルたちが土の栄養を取ってしまったりすると大きく育つこともない。

だから、山野では姿を見ない。

けれど、もしも、畑に偽野ブドウが入り込んでしまうと、あっという間に増えて大繁殖してしまう。

偽野ブドウは根の生命力が図太かった。雑草のライバルたちを押しのける生命力は弱いくせに、切り刻まれたときにその強さを発揮する。

偽野ブドウの根は切られてもほんの一センチでも残っていれば、そこからまたうようよとひげ根を伸ばし根を肥やし、すぐに芽を出す。畑に偽野ブドウの根が入ってくると畑を耕したときに鍬で切り刻まれてしまう。

熱心な農家ほど偽野ブドウの根を切り刻む結果となり、一〇〇切り刻まれれば一〇〇倍に増え、一〇〇〇切り刻まれれば一〇〇〇倍に増える。

野菜の苗が小さいころは他の雑草のない畑はちょうど良い偽野ブドウの繁殖地となり、畑は偽野ブドウに占拠されていく。

小さな根でも残っていれば、そこからウジャウジャと増える偽野ブドウは畑では無敵だ。農家にとっては、根絶不可能な魔王のような雑草だった。

だから、草取り魔法薬が使われることとなった。

王宮の庭で繁殖されても困るので、厳重に管理された中で偽野ブドウは植えられ、ユリアは陽月草の種をまいた。

陽月草の双葉が出始めると光魔法の「滋養」を使った。

ユリアの光魔法は光属性を持った魔草とはすこぶる相性が良い。

陽月草は光魔法の「滋養」を乾いた砂のように吸収した。土壌は土魔法の「耕し」が施されている。土魔法の「耕し」は土魔法の「滋養」に比べると効果は控えめだが、デリケートな魔草なので根元には魔法を使うのは抑えておいた。

その代わり、偽野ブドウには土魔法の「滋養」をたっぷりと与えてよく茂らせた。

陽月草は三か月後には花が咲き種を付けた。

ユリアが三倍速栽培をしようと思ったのは、ロバンヌ村にときおり流行る熱病が心配だったからだ。

前回、熱病がひどく流行ってから三年の月日が過ぎている。ロバンヌ村特有の熱病で、流行ると村は活動を停止する。陽月草の薬がないと被害は深刻となるだろう。

村人たちは不安におびえながら暮らしていた。病が流行る時期は不定期だが、すぐに治まることが多かったのは陽月草があったからだ。

二年前にも熱病は少し流行りかけたが、幸いその時はすぐに治まっていた。二年前はまだ僅かに陽月草が残っていたという。

（なにも起こらなければいいけど）

ユリアは王宮の庭に日に何度も訪れて、陽月草を育て続けた。

翌年。

村の陽月草も順調に育っていた。とはいえ、苗は五十株だ。

村総出で見守っているが、月日が過ぎるのを待つしかない。


そんな頃。

ひとり目の熱病が見つかった。村に衝撃と諦めの空気が漂う。

病が流行っても陽月草の群生地が荒れない程度しか摘まない、そう決めていた。この群生地が失われたら村の未来はないと、村人たちはわかっていた。

薬師協会は群生地に見張りを置き、厳重に管理していた。

熱病がじわじわと広がっていく。

身体の弱い子どもたちに陽月草を使った。大事に大事に、小さな子どもの唇に匙で薬草の汁が注がれた。

まだ群生というには心許ないほどしかない薬草たちは、少しずつ一枚ずつ葉を減らし、花を減らし、村人を救っていく、
熱病の広がりと、陽月草の葉と花が増える速度は圧倒的に病が勝っていた。

重症の村人が増え始めた。

もう薬液を与えることができない。

その時、数騎の騎馬が村に駆け込んできた。

「村長殿！」

王宮から派遣された厚生部職員たちの騎馬だった。

「薬草を届けに来ました。王妃様からです！」

「王妃様から……」

運ばれた荷を下ろすと、十分な量の新鮮な薬草が詰まっていた。


ひと月後。病はすっかり収束し、村長は「もう安全だ」と宣言した。

かろうじて陽月草の薬液は間に合い村に死者は出なかった。危ういところで村人たちの命は救われた。

すべてが一段落したころ。

「このことは秘密ですよ」

と、視察に訪れた王妃は村長と薬師たちに頼んだ。

「もちろんです、命かけて誓います」

陽月草がこんなに増えるはずがないのだ。そもそも、あの弱った一株の苗から五十粒の種が採れただけでも信じがたい偉業だった。

王妃の能力のなにかが奇跡を起こしたのだろう。

秘密のはずだ。王妃が狙われかねない。

「立派な袋まで使っていただいて……」

薬草の鮮度を保つために、王家の空間魔法機能付きの袋が使われた。

「国宝はこういうときに使うんですって」

ユリアがローレンの言葉を無邪気に伝えた。

「賢王と慈悲深い王妃様に感謝を捧げます」

村長が静かに傅《かしづ》いた。


ユリアは、陽月草の由来を薬師協会の会長から聞いた。

「太陽と月の名を持っているのは、光と闇を一緒に持つ薬草だからですよ」

と。

魔草の秘密は、すでに名前に暴露されていた。

女の戦い？

小さな王子がすやすやと眠る傍らで、ユリアはくつろいで冊子をめくっていた。

最後のページを読み終えると卓の上に置いた。

「季刊、異界の森」は異界の森を研究する団体が編集していて、興味深い記事が多く載っているが年に四回ほどしか発刊されない。

「新刊も面白かったわ。さすが、読み応えがあるわね。そういえば前回も良い記事が載っていたのよね」

ユリアは思い出すと読み返したくなり、保管してある本棚から手に取った。古い季刊誌を適当に選んではめくっていると、ある記事に目がとまった。

小さな記事だ。さほど注目はされなかったと思う。

（地味な記事だけど本当は優れものの情報ってあるわよね）

それは植物型魔獣を使った「人工血液」の記事だった。植物型魔獣を使っているので「人工」というのも変かもしれないが。

ダズーというサボテンのような多肉植物は魔獣の割におとなしい。このダズーに少しずつ魔力を注ぐ。あるいは、魔力を溜めた魔石を埋め込んでおく。そうすると、注がれた魔力がなぜか増幅されて、魔力のたっぷりと含まれた篩管液《しかんえき》や導管《どうかん》液が手に入る。

これが、人工血液として使えるのだという。

（前世の世界だったら、けっこう大発見だったかも。輸血が治療として確立されてたから。でも、ここでは治癒魔法や魔力供給で補ってる感じだもの。あるいは魔草を使った薬液とか）

ゆえに、せっかくの発見だけれど、他の方法が出回っているおかげであまり出番がないような気がする。

（たぶん、特殊なケースでないと活躍できないわね）

ふと、ダズーが採れる異界の森の町が気になった。隣国、ドリスタ王国のゼグルという町にその森はあるという。

（なんで気になったのかしら……）

眉をひそめて記憶をたどる。

（あ、そうか。ロンセント商会の記事に載っていた町だわ。あの事件で潰れた商会ね）

仲買人が仕入れに訪れていた町のひとつがこのゼグルだった。

なぜ覚えていたかというと、他の仕入れ先は帝国やドマシュ王国が多かったからだ。

（そっか。異界の森があるから、仕入れる素材があったのね）

ユリアは納得し、ちらりとあの事件を思い返してから季刊誌を閉じた。

（そういえば、異界の森があるような田舎町なら逃亡先にいいかもね）

などと思いはしたが、単なる妄想だ。

それきりこの件は記憶に上ることもなく、忘却という靄の彼方に消えた。

それは、ユリアの懐妊が知られ始めた頃のことだった。

「ローレン様ぁ」

甘ったるい声を廊下に響かせながら、桃色のドレスを翻《ひるがえ》し令嬢が駆けてくる。

国王の護衛たちは警戒して剣に手をかけた。従者たちの顔も険しい。「ローレン様」ではなく「陛下」と呼ぶべきだろう。

ローレンは苛つく気持ちを抑えた。即位してまだ一年ほど。足場を固めているところだ。領主会議でこちらに味方する派閥や、関わる家の令嬢であれば穏便に接しておくのが無難だった。

ローレンは無表情なまま令嬢に視線をよこした。

「バロウ侯爵令嬢。なにか御用か」

「そんなお堅い言い方はなさらないで。お昼をご一緒させていただこうと思いましたの」

令嬢はにこやかに答えた。

約束もなく女のほうから国王を食事に誘うとは礼儀知らずも甚だしい。

「悪いが、食事中も打ち合わせをする予定だ」

「まぁ……。そんな食事の仕方では身体に悪いですわ。誰も陛下の健康を気遣ってくれませんの？」

令嬢は従者たちに咎めるような視線を向けた。

彼らは綺麗に無視をしてやり過ごす。この女を避けるための言い訳だと御令嬢は気づかないらしい。

ローレンは「では失礼する」と言い置いて踵《きびす》を返す。

「ローレン様、お食事は楽しくゆっくりすべきですわ」

令嬢はしつこく追い縋ってくるが、護衛の近衛が「ここからは部外者は立ち入り禁止です」と冷淡に告げると流石に立ち止まった。


最近、ローレンの周りに鬱陶しく女性たちが纏わり付いている。王妃が懐妊したことが知られ始めたこの時期に。要するに、国王夫妻が閨事から遠のく……すると、国王が欲求不満になっているところを第二夫人の座を狙った女たちが近づいてくる。

よくある話だ。けれどマリアデア王国では第二妃を勧めてくる者はごく稀だ。前の第二妃イレーヌが色々やらかした嫌われ者だったので皆、「第二妃はこりごり」と思っている。ゆえに、わざわざ「第二妃は如何か」と言ってくる強者はほぼいない。

全くいないわけではないが、いても速攻で断っている。それなのに、幾人かの令嬢はあからさまにローレンに言い寄り始めた。

ローレンが「今度はもっと厳しく言うべきか」と考えながら執務室へ向かうと、宰相と近衛隊長、それに衛兵本部長がなぜか来ていた。

「セーラ・バロウ侯爵令嬢が王宮に入り込んでいるという報告を受けました」

近衛隊長が口を開いた。

「隊長は把握されていたか。なぜいたのだ？」

ローレンは三人をソファに勧めて尋ねた。

「父親が文科部高官という立場の侯爵令嬢ですから、門番が止められなかったとのことです。一応、それらしい理由は申請用紙に記してありました」

隊長は眉間に皺を寄せて告げた。

「父親が令嬢の愚行に関わっているのか、確かめたいと思っています」

宰相も珍しく険しい顔だった。

「そもそも、入る時に高官に確かめれば良いだろう」

ローレンは以前から思っていたことを述べた。

「一般人にはそうしています。ただ、高官以上の位の者は、家族なら慣例として許していました。ここでいきなりそういうルールを入れる……という方法も良いかもしれませんが、この度は間に合わなかったわけです」

本部長は言い訳を述べた。

「その件は後で検討しよう。とりあえず、さっさと尋問でもすれば良いのでは？」

「高位貴族や大臣に真偽判定の魔導具を使うのは手続きが面倒なのですよ。何しろ、国家機密を握っている立場の者たちですからね」

宰相はそれをしたくない理由を端的に述べた。

真偽判定ができないのなら偽証されまくりではないか、と言外に匂わせる。

「それで、陛下にご協力いただきに参りました。令嬢たちをしばらく泳がせたいのでね。証拠固めをする間でよろしい」

「気は進まないが……」

ローレンはつい、本音をこぼした。

「それは陛下の心情的にはそうかもしれませんが。細かいところは陛下にお任せしますから、とにかくのらりくらりと時間稼ぎをしていてください」

宰相はそう丸投げをしてきた。

ローレンも宰相の言わんとするところはわかる。さほどの無理を言われたわけでもない。

防犯には気を使われているはずの国王に平気で近づける女が複数いるのは問題だ。近寄ってくるのは大臣の娘のような高位貴族令嬢ばかりだ。よほど目に余るようなら彼女らの家に「娘を寄越すな」と注意すれば良いとローレンは考えていた。

けれど、宰相らは「きちんと調べた上でそれ相応の対処が必要」と言う。

正論だ。そのとおり。そうすべきだ。ただし、調べは難しいだろう。

もしも、大臣らが部外者の令嬢を王宮に引き入れたのなら公私混同だ。処罰も検討する。

だが、もしも令嬢が自分の独断で、父親の立場を利用して王宮内に入り込んだのなら厳重注意で良いだろう。王宮の出入りを慣例で緩めていたのはこちらの落ち度だ。今後、厳しくすれば防げる。

要するに、父親である大臣や高官の意図によって結果は違う。調べもしないのでは公平に裁けない。

そのため「調べがつくまで待ってほしい」とローレンに言ってきたわけだが、ローレンは時間がかかりそうだなと陰鬱に思った。

ローレンは今のところはやんわりと「執務中だ」とか「予定が詰まっている」とか適当に言って避けていた。彼女らの家を気遣い、邪険にはしなかった。

だが、鬱陶しいのは確かなので、そろそろガツンと言ってやろうかと思っていた。

(とりあえず、証拠固めが済むまでは現状維持か)

「コルネール公爵も『適正な処罰は要るだろう』と仰ってましたよ」

義父からも言われていたと知り、ローレンは従うことにした。もとよりこれくらいのことは面倒がらずに従うしかない。

ローレンが次に悩んだのは「このことをユリアに言うか?」だった。

第二夫人の座狙いの令嬢たちがローレンに近づいていると知ったら、ユリアは気にするだろうか。

しばし、自分の妻のことを思い浮かべる。

ローレンは結論した。

(ユリアなら、何も気にしないな)

そう思うとまるで自分が愛されていないかのように思われてツキリと胸が痛んだ。

そもそも、一目惚れしたのはローレンのほうだ。ユリアに付き纏い、自分の立場も利用して婚約し妃になってもらった。

きっと、愛されていると思う。けれど、自分が妻を愛しているほどではないだろう。高魔力もちの魔導士気質なユリアを妻に選んだ時から覚悟はしていたのだ。

とりあえず、面倒な説明を妻にする必要はないと判断し、いつもの執務に戻った。

ユリアは、最近、侍女たちの様子がおかしいことに気づいた。なぜかユリアがローレンの執務室に近づくのを避けているようだ。

(なんで?)

以前であれば「そろそろ陛下は休憩時間ではありませんか」などと、食事を一緒にとるのを勧めていた。「夫婦仲が良いのは安産の秘訣」とまで言われた。

それが、ここ最近はローレンに会えていない。同じ王宮内で暮らしているのだから、ローレンの休憩にユリアが合わせれば一緒に食事くらいはできたというのに。

(……なんか気になる。わざと……よね? どうして理由を言ってくれないのかしら。変だ)

単に国王が忙しいのなら理由を言えばいい。それに、ローレンは夜は普通にいつもどおりの時間に私室に帰ってくる。それほど多忙とは思えない。

気になりだすと、あれこれと考えが止まらなくなった。

(もしかして? アレ、かしら)

ローレンは、誰かからもらった果実酒入りの菓子をユリアに内緒で食べていたことがあった。酒は妊婦にはよくないと思ったかららしい。

ユリアが菓子の箱に気づいた時にはすっかり空だった。空き箱に記されていた菓子店の名でわかった。評判の菓子だ。侍女たちが熱心に噂をしていた。

箱には果実酒の芳醇な香りと菓子の甘い香りが残っていて、香りだけでもおいしそうだった。

ひとつくらい味見したって大丈夫なのに！　とユリアはイラッとしたのだが、菓子ひとつで大人げないと思い気付かないふりをした。

（もしや、また自分だけおいしいものをお昼に食べてるのかも……）

理由を訊けば良いとは思うがもっと確実な方法がある。

ユリアは侍女たちを振り切って、ローレンに会いに行くことにした。

昼休憩に差し掛かる頃、ユリアは王妃付きの侍女たちに突然、宣言した。

「ちょっと主人に会ってきます」

「王妃様、でも、あの……」

突然のことに優秀な侍女が慌てているうちに部屋を出た。廊下を突き進み、王族の居住する宮を出てすぐに執務室のある建物に入る。

護衛はユリアの急ぎ足に従っているが、侍女は遅れ気味だった。

ユリアは領地の田舎道や畑を歩き回って育った。足腰は見た目よりも丈夫だった。

あと少しでローレンの執務室に至る廊下まで来た……、と行く手に数人の男女の姿があった。

背の高い男性は、ユリアが会おうと目論んでいたローレンだ。その周りを見知らぬ令嬢が取り囲んでいる。

煌びやかな一行にユリアは知らず目を見開いた。

令嬢たちは、まるでこれから宴でもあるかのように華やかだった。紅色、桃色、クリーム色とそれぞれの衣装に身を包んだ令嬢は三人いた。髪の色も金色、焦げ茶、赤毛と目立つ。ユリアはゆっくりと近づきながら、令嬢たちの顔まで化粧で派手なことに気付いた。

なぜそんな令嬢たちが自分の夫に纏わりついているのか。わけがわからないが、不愉快なことは確かだ。

さらに近づくと、夫がユリアに気づいた。ここまで近くに来るまで気付かれなかったのは、令嬢たちが熱心に彼に話しかけていたからだろう。

夫が昼食に誘われているのは甲高い女の声でわかっていた。

夫は「申し訳ないが、ご一緒できない」と返答をしているのが聞こえた。

女性たちの声に比べると夫の返事はあまりに控えめで、ユリアは眉を顰《ひそ》めた。

（もっと、きっぱりはっきり、断るべきよ！）

「ローレン！」

ユリアは見知らぬ令嬢に囲まれている夫に声をかけた。社交はおざなりのユリアはそもそも見知らぬ貴族だらけだが。ローレンが「ユリアは社交は適当でいい」と言ったのだから仕方ない。

穏やかに話しかけるつもりが、かなり不機嫌に尖った声になってしまった。

「ユリア」

思いがけず妻が近くにいたためにローレンは驚いたが、ユリアには夫が気まずい顔をしたように見えた。

「お昼を一緒に食べましょう！」

ユリアは有無を言わさぬ口調で誘うと、ローレンの腕を掴んだ。

他の令嬢たちが呆気に取られている間にずんずんと端まで進み、階段を下りる。

「あの……、ユリア？」

「なんですか？　旦那様！　あの女たちと昼を食べたかったとか、そういうのは聞きませんからね！」

ユリアは不機嫌に言い放つ。

「あ、当たり前だろう！」

ローレンは慌てて答えた。

「いったい、なんです？　あれは。まさか、浮気……」

ユリアが不穏な声で言いかける。

「違う！」

思わず食い気味に否定した。

「それならいいです！」

「ゆ、ユリア。もしかして、嫉妬してくれたのかい？」

ローレンは自分がまるで思春期の若造のように胸が高鳴っているのを感じた。

「嫉妬……なのか知りませんけど！　気分は悪かったです！」

「本当かい？　本当に？　ユリア！」

「……なんでこんなことで嬉しそうにするんです？」

ユリアは不可解さに眉間に皺を寄せた。

「ユリアのことだから、私が言い寄られてもなんとも思わないかと……」

ローレンは自分でも情けないくらい気弱い声が出た。

「レン様、私に対する認識が歪んでませんか？　私がまさか、自分の夫の女関係に無関心だとでも？」

ユリアは珍しく怒り顔だった。

「てっきり、私ばかりが妻に夢中なのだと……」

「む、夢中？　あ、あう、レン！　そういうことはふたりきりの時に言ってください！　それから私は、ちゃんと夫に関心ありますから！」

ユリアは頬を赤らめた。

先程から怒ったり頬を染めたり、顔が忙しい。

「よ、よかった。それでね、ユリア。少し事情があるんだ。近衛隊長たちに頼まれて……」

「は？　近衛隊長？」

ローレンは、ユリアにことのしだいを伝えた。もっと早く伝えれば良かったと思った。とはいえ、ユリアがちゃんと嫉妬してくれることがわかって、その点は良かった。

「なるほど……犯罪者かもしれないんですね。そうしたら、嵌めてやらなきゃですね。レン様にわざと言い寄らせて、私の機嫌が悪くなるところを見せてやったら、調子に乗って何かやらかすかもしれないわ」

ユリアが何やら不穏なことを言っている。

「それは私が嫌だからやめてくれ」

「何を仰る。こういうのは徹底的にやらないと！」

「ゆ、ユリア」

ローレンは忘れていた。

ユリアは猪突猛進型の魔導士だった。


ローレンが妻に嫉妬してもらう悦びに浸っていたころ。

令嬢の父たちが勤める執務室では、王宮の裏任務の影たちが仕事をしていた。

令嬢たちが父親の執務室を訪れるのはわかっていた。王宮に入る時に渡された許可証に大臣らの署名が要るのだ。

ターゲットの部屋には魔導具の盗聴器が仕掛けられ、会話が確かめられていた。

「なんだって？　あの王妃は陛下にはまるで関心がないようだと言われていたのにか。お前の色気が足りなかったんじゃないのか」

厚生部大臣が娘を詰《なじ》っていた。

「ち、違いますわ。ちゃんと陛下の腕に胸を押しつけましたら、陛下のお顔が少し赤らみましたもの。王妃様の邪魔がなければもう少し進展したと思いますの」

「まぁ、良い。まだ時間はある。妃のお産が終わるまでは王宮に通うのだぞ」

「わ、わかりました」


厚生部大臣は黒と判明した。


外交部高官の執務室でも怒鳴り声が聞こえた。

「また勝手に王宮に入り込んでいたのか。いい加減にしろ！」

「お父様が陛下とお約束をしてくださらないから……」

「馬鹿もん！　第二妃など！　イレーヌ妃でうんざりした陛下が欲しがるわけがないだろう！　王妃が懐妊されたのだ。お世継ぎの心配もまだ必要ない。お前は謹慎だ！　私の立場も考えろ！」

「えぇぇ……」


外交部高官はただの注意で済みそうだ。と裏任務の影は考えた。


文科部高官の執務室では、穏やかに会話する声が聞こえた。

「セーラ。用もないのになぜ来たのだ？」

セーラと呼ばれた令嬢はにこりと微笑んだ。

父親の部屋に来たのは、王宮に入るときに手渡された許可証に父親のサインがないと出るときに困るからだ。

入るときは家の家紋入りの身分証を提示し、「父親から忘れ物を届けるように頼まれた」などと適当な言い訳をしておいた。

帰りには、門番に渡された許可証に父親の署名がないと留め置かれる。以前も留め置かれて、けっこう長い時間、父が来るのを待たなければならなかった。その時に父から説明を求められて上手い言い訳を考えるのも大変だった。

今回は、母から夜食を運ぶのを頼まれたことにした。

「お母様にこれを頼まれましたの」と、パンや肉料理の詰め込まれたバスケットを見せた。

「そうか……。だが、もう今度からはこういうのは要らない。私も付き合いで誰かと食事をすることがあるのでね」

迷惑そうな声で高官は答えた。実際、彼はのちにバスケットを部下にやっていた。

どうやら、令嬢の思惑に父親は関わっていないようだ。だが、若干、他のふたりとは違う。セーラ嬢は父親に第二妃の座を狙っていることを隠している。

反対されるからか。だが、どうやら最初から隠しているようだ。

(それとも何か、後ろめたいことでもあるのか？)

影からの報告を受けた宰相と近衛隊長、警備担当の衛兵本部長は「まだこの件はもう少し解決に時間がかかりそうだ」と判断した。


「それでは、セーラ・バロウ侯爵令嬢だけが証拠不十分で残ってる、と?」

ローレンは宰相から話を聞いて不機嫌に問い返した。

「そうなんですよ。一番、熱心な令嬢が残ってます」

宰相が肩をすくめた。ようやく何もかも済んだと思ったのにひとり残ってしまった。

「父親が無関係そうだということは確かめられたのだろう? それなら、とりあえず背後関係はわかったのではないのか」

ローレンは首を傾げた。

「影たちの報告を聞いてみますと、どうも引っ掛かる点があるのでもう少し調べたほうが良いだろうということになりました」

「……どこが引っ掛かる?」

ローレンはもうこの件は嫌気がさしていた。

「まず、いきなり陛下に言い寄り始めたことですね」

宰相が、人差し指を掲げてそう言った。

「ユリアが懐妊したからではないのか？　他の令嬢もそうだろう」

ローレンが指摘する。

「他の令嬢は、例えば、厚生部大臣の令嬢は父親に言われて従っていました。大臣は以前から、自分の娘は美しいし第二妃に相応しいだろうと言っていた。それから、外交部高官の令嬢は、学生の頃は王妃狙いでリグラス王子に付き纏っていましたし、今回の第二妃狙いは理解できます」

「なるほど。だが、バロウ侯爵令嬢はいきなりだった、と」

ローレンは納得して頷いた。

「そうです。侯爵家の望みであるならわかるが違う。理由がわからない。彼女の過去を調べたところ、彼女はずっと色男で金持ちの男狙いだったそうです。王族は立場が面倒だと言っていたとか。いきなりの宗旨変えの理由が見えません。おまけに、人一倍熱心でした」

「そうだな」

ローレンが頷くと、不意にユリアが口を開いた。

「レン様が格好良いからじゃなくて？」

「ユリア……。嬉しいけど、金持ちで色男が好みなら、むしろ王家よりも豪商の息子のほうが贅沢できるだろう。公務もないしな」

「それは、確かに少しタイプが違うけど」

宰相とローレンは『タイプという問題ではないだろう』と思った。

「とりあえず、もうしばらく我慢してください」

「私も協力するわ！」

ユリアが張り切って答えた。

「身重の妻にこんなことを協力させる気はないよ」

ローレンは即座に答えたが、ユリアは首を振った。

「もうお腹は安定期だし、不愉快な女を避けるのは早いほうがいいわ」

「王妃様は、どうか無茶はされないでください。もしも本当にセーラ嬢が陛下に惚れたのなら、嫉妬のあまり変な真似をするかもしれませんからね」

宰相は困り顔で答えながら「ではくれぐれも気をつけて」と部屋を出て行った。


セーラ・バロウが懲りもせずにやってきたのは三日後だった。

このときローレンは、ユリアと明るいテラスで昼食でも取ろうかと廊下を歩いていた。

「ローレン様ぁ」

いつもながら甘ったるい声がする。

ユリアの顔がピクリと痙攣し、笑みが昏くなる。

ローレンは妻の表情の変化に不安が過った。

「一緒にお昼を……」

と言いながらセーラが近づいたところで、護衛や従者の影に隠れてユリアがいることに気づいた。

セーラは一瞬、押し黙ったが、すぐに立ち直った。

「王妃様もおられましたか。えっと……、ローレン様はお昼は？」

上目遣いでローレンを見た。

この状態でローレンを食事に誘える図太さに、その場にいた全員が感心した。普通はできないことだ。

「……昼」

ローレンは宰相と衛兵本部長らに頼まれている関係上、セーラを無下にもできず、ユリアのことも心配という板挟みで身動きが取れなかった。

「これから私たちはテラスで食事ですの。ご一緒したいの？」

ユリアが朗らかにセーラに声をかけた。

「王妃様もご一緒ですの？」

セーラが驚いたように尋ねた。

セーラ以外の皆は、彼女の面の皮の厚さに驚いた。

「あら？　これから夫婦水入らずで食事をするように見えなかったかしら？」

ユリアは思い切り嫌味を言ってやった。

「水入らずって、近衛の騎士さんとか下働きの人とか、いっぱいいるじゃありません？」

セーラはホホホと笑った。

下働きと言われた侍従は顔を引き攣《ひ》《つ》らせた。

「じゃぁ、私たちはテラス行きますから」

ユリアはローレンの腕を掴んで歩き出し、慌ててセーラも後に続いた。

結局、セーラはローレンたちのテーブルに勝手に押しかけて座り、護衛と侍従は宰相からの依頼を知っていたために何も言わずに従った。

ローレンとユリアはセーラの図々しさにあきれたが、もしかしたら彼女は必死なのかもしれないとも思った。

いくら何でも、ここまでしつこくするものだろうか。普通はいづらいだろう。彼女は普通ではないのかもしれないが。

彼女の目の前にはユリアの侍女が飲み物だけ置いてやった。

「我が家では、急な客人にも食事くらいは出しますけれどね」

セーラが二杯目の茶を飲みながら言い出した。

「そうですか。我が家には約束もなしに食事どきに押しかけてくる赤の他人はいないのでわかりませんわ」

ユリアがしれっと答える。

「……私は、ローレン様とは親しくしておりますの」

「変ね。私、レンにはいつも親しい友人知人の話は聞いてますけど、あなたのことは聞いたことがありませんでしたわ」

ユリアはわざとらしく首を傾げた。

「……世の夫はうるさい妻には愛しい女のことは言わないものですわ」

「おほほ、どこかの売れない恋愛小説のお話かしら？　それとも、振り向いてもらえない誰かさんの妄想?」

　ユリアは明るく機嫌よく言ってやった。

「現実を見られないのね。国王には第二妃くらい必要なものだわ」

　セーラはこめかみをヒクヒクさせながら答えた。

「現実を見られないのね。第二妃が要るなんて、誰ひとり思ってないわ」

　ユリアはツンと澄まして言い返した。

「お腹が大きくては夫のお相手もできないでしょう!」

「愛し合っている夫婦は性欲だけで繋がってるんじゃありませんのよ」

　ホホホ、とユリアのわざとらしい笑い声が朗らかに響く。

「夫婦生活には大事なことだわ」

　セーラは心なしかワナワナと震えていた。

「大事なことのひとつでしかないわ。私たち愛し合ってますの。精神的にも、ね」

「もちろん、私とローレン様も愛しあ……」

「バロウ嬢、聞き捨てならないな。私は君とは、ほんの少々言葉を交わしたことしかない。昼食の誘いを断っただけのやり取りのどこに愛し合うとか、そういう要素があったんだ!」

　ローレンはセーラの言葉を遮った。流石に聞いていていられなかった。

「その僅かな会話の中に愛が……」

「ない!」

ようやく昼食を済ませ、三人は立ち上がった。

ユリアとセーラの嫌味の応酬でローレンは疲れ果てていたが、そっとユリアの腰を抱き寄せた。

「ローレン様……」

セーラが切なげに名を呼ぶが、ローレンは振り返らなかった。

「もう、来ないでくれ」

ローレンはうっかり拒絶の言葉を呟き、その場を離れた。

ローレンとユリアはすぐに背を向けたために、セーラが忌々しげに睨んでいたことを知らなかった。


若草色のワンピースを纏った美人令嬢が歩いていると人目を引いた。

その後をつける影は、今は文官の格好をしている。

セーラはローレンから拒絶されたのち、また父親の執務室に寄って「もう来るな」と叱責され、王宮を出た。

バロウ家の馬車も当然、後を追われている。

この数日で令嬢のことはさらに調べが進んでいた。

令嬢はロンセント商会という店に頻繁に出入りしていたことがわかった。

諜報員がバロウ侯爵家の御者と飲み屋で接触し、酒を奢ってさりげなく聞き出した。王宮の調査機関は優秀だ。

ロンセント商会は、ドマシュ王国と縁の深い商会だった。ただの商会の割に警備が厳重で、中を探ることができない。

近衛隊長と衛兵本部長、それに裏任務担当の公安調査局長は「少々、手荒な真似をするか」と決めた。

セーラを乗せた馬車はロンセント商会に到着した。

いつもセーラは「なぜか一時間から二時間くらいも商会で過ごす」ことはわかっていた。商会でそんな長時間、何を買い物しているのかは不明だ。

セーラが店に入って三〇分ほどが経過した。

そろそろ頃合いだろう。騎士団が動いた。

「お尋ね者の盗賊の頭がここに匿われていると聞いた！」

騎士のひとりは黒い大型犬のような厳つい獣を連れていた。おかげで店の者はビビっていた。用心棒らしき男たちもいるが、相手は騎士団だ。手を出しかねている。

店の者たちが慌てる中、鼻の良い半魔獣を先頭に奥へ踏み込む。……と、獣があるドアの前で立ち止まった。

「ミミィ、ここか！」

「わん」

黒い半魔獣がドアを引っ掻いた。

「そ、そこは！　や、止め……」

店の者が止めるが、騎士らは止まらない。

ドアをダンッと開けると、あられもない格好の男女がいた。

男のほうは長い茶髪をひとつに縛ったワイルド系美男。全裸で髪を振り乱している女はセーラ・バロウ嬢で間違いなかった。

騎士に扮した諜報員は魔導具で写真を撮っておく。

「失礼した！」

騎士らは突風のように帰っていった。

のちに、セーラ嬢のお相手はドマシュ王国の人間で自称仲買人とわかった。男は入国時の身分証に問題があるとして捕らえられた。


「ドマシュ王国は相変わらず信用ならないことがわかった」

ローレンは不機嫌にそう述べた。

「まぁ、わかってたことですが。あのロンセント商会に関しては関税法違反などもあったので営業停止にしておきました。貴族はもう利用しないでしょう。あっさり潰れると思いますよ」

宰相はのんびりと答えた。

のんびり答える内容ではないのだが、とりあえず今回の件は落着した。

娘を無理矢理、第二妃にしようとしていた厚生部の大臣は、任期切れと同時に王宮を去るだろう。

令嬢が幸せになってくれれば良いが、気の毒なことだ。

娘の愚行を止められなかった外交部高官には厳重注意をしておいたが、彼はすでに令嬢を遠い修道院にやる手配をしていた。

どこかに嫁に出すことも考えたが、相手の家が気の毒なので修道院にしたと言う。

バロウ侯爵は娘が敵国の間諜と通じていたことを知り辞表を出した。彼自身は有能だっただけに惜しまれたが仕方がない。

娘は間諜に情報を流していたことも確かめられた。大した情報はなかったようだが、今は牢の中だ。

美しい令嬢だったが引っ掛かった相手が悪かった。


その日の夜。

ユリアは私室でローレンから顚末を聞いた。

「かわいそうにね。騙されて、牢に入れられて。相手の男は結局、帰されたんでしょう?」

ユリアはお休み前の茶をふたりで飲みながら答えた。流石に痛ましいと思った。

「かわいそうかい?」と、ローレンは苦笑した。

愚かさゆえに国を売ろうとした女をかわいそうなどとはとても思えない。自業自得という言葉しか思い浮かばなかった。

それでも、「騙された」という部分だけを切り取って考えれば哀れかもしれないな、と妻に対して理解に努めながらローレンは言葉を続けた。

「漏らした情報がさほどのものでなかったのでこの程度だが。外交部では裏でこの件を利用して取引を有利に運んだ。ドマシュは無傷では済まなかったわけだ。令嬢は程なく牢から出るだろうが、その後は修道院暮らしだろう」

「そうなのね……」

「セーラ嬢は父親がしっかり者の文科部高官だったことを幸運と思うべきだな。そうでなかったら言いなりに機密を喋っていた。危ない性格だ。騙されやすく何でも言うことを聞いてしまうんだからな」

「ええ……」

男が魅惑的だったのか、それとも女が騙されやすかったのか。

圧倒的に女が騙されやすかったのだろう、とユリアは思う。

彼女が愚かそうだったのは話をしてわかった。

大事に大事に温室の中で育てられた令嬢は、海千山千の間諜の男に騙された。

(大事にしすぎてもダメなのね)

ユリアは、もしも女の子が生まれたらどう育てようかと、自分のお腹を撫でながら思った。


半年ほどのち。

北の修道院からセーラ・バロウが逃げた。

逃亡を手助けした男は、あのロンセント商会にいた男によく似ていたという。

ユリアは「まさか、本気で惚れてたの?」と驚愕した。

世間でひとしきり騒がれた。令嬢に惚れた間諜がいた、と。

早くも小説まで書かれ、ふたりの逃亡劇を題材に歌劇まで作られるという。

ローレンはそれらの騒ぎを見ながら皮肉な笑いが出た。

手元の資料や報告を見て、そんな綺麗なものではないことを知っている。

セーラは、接触してきた修道院の出入り業者に言われるまま逃亡をした。

（もう、生きてないが……）

彼女は、おそらく、ロンセント商会でいろんな人間やものを見すぎたんだろう。それに、彼女のためにロンセント商会が潰れたと思われている。

こういう時、ドマシュ王国の間諜は始末をつける。

ロマンスの好きな貴族夫人の想像どおり、セーラが遥か遠くに逃亡したのなら良かったが違う。

谷底に落とされた馬車の残骸は埋めようとした痕跡があった。見つけられたのは偶然だった。その側には夥しい血痕も発見された。

偽造のためか、本当の血痕か。

研究所で念入りに調べられた。セーラ嬢のもので間違いはなかった。出血量から見てまず生きていない。

遺体は見つからず、バロウ侯爵が公表を望まなかったために世間では知られていない。侯爵が秘密にしたがったのは、母である侯爵夫人に「娘はどこかで幸せになった」と思わせたいかららしい。

それでも、公的な記録では「事故により死亡」と記すしかないだろう。遺体が見つからないという事情があるために先延ばしになっているだけだ。

（だが、彼女は亡くなって良かったのかもしれない。あの修道院で余生を送るより。愛しい男が迎えに来た時は幸せだっただろう）

せめて何も知らないままに一息で死ねたのなら。

『痕跡から出血の勢いがすごかったようなので、即死だと思われます』

という調査員の見立てがある。

（そのくらいの慈悲はかけてやってくれたのだな）

すっきりしない事件ではあった。そもそもの最初から無理があった。

ドマシュ王国の諜報活動は、思わず首をひねるような変なものが多くある。

裏事情はおおよそわかる。ドマシュ王国は、王族や高位貴族が幅を利かせている国だ。そのために首脳部には無能だけど王族や貴族だから座っている連中がいる。

だから、無茶ぶりな工作や諜報をときどき仕掛けてくる。こちらとしては「馬鹿だろ」と思うようなものがある。おそらく決めたやつが馬鹿なのだ。それでも、末端は逆らえない。

逆らったら簡単に処刑だ。今回もそのパターンの可能性がある。

ドマシュ王国はイレーヌ妃で味を占めたので、第二妃をドマシュ王国の息のかかった女にしたかったのだろう。けれど、末端の諜報員は、無理に決まっているとわかっていたのではないか。

セーラを選んだのもおかしい。彼女にはそんな能力はない。セーラは恋人のために諜報活動の手伝いをしたかったのだろうが、役に立っていなかった。だが、役に立っていなかったので、大した罪にならずに済んだ。

もしかしたら、血痕の偽装がやたら上手かっただけで本当は彼女は生きているのだろうか……と、ふと思う。遺体は見つからなかったのだから。

あれだけの血痕を晒しておいて遺体が念入りに隠された理由は、生存を誤魔化すためと考えると辻褄が合う。

ドマシュ王国向けのパフォーマンスだ。諜報員が「仕事はちゃんとやった」と思わせるのが目的か。

ローレンは報告書の束を閉じながら「できれば、そんな結末が良いのだがな」と小さく呟いた。

元国王の絵画展

元国王シオンの趣味は絵を描くことだが知っている者は少ない。若い頃からひとりでひっそりと描くようにして人に見せなかった。

この森で暮らし始めて「森の家族」たちには知られるようになった。

ここでの家族は六人いる。

シオンのために雇われた使用人四人と、森の監視をしている研究員ふたり、合わせて六人。使用人は護衛がふたり、男性の使用人がひとり、女性の使用人がひとりとなっている。

この日、皆で食事をとる食卓に「絵画展？」というシオンの声が聞こえた。

「そうなんですよ。ここから一番近い村を治める領主様が、元国王陛下がそんなに絵が上手いのなら絵画展を開いたらどうだ？　なんて言い出してるみたいです」

そう話を持ってきたのは使用人のひとり、ライラだった。

ここでは使用人も皆一緒に食事をする。

最初のうち国王以外の六人は「それはできません」と断っていたが、国王自らがいそいそと皆の皿を並べて用意をするのだから、断るほうが不敬な雰囲気になってしまう。

シオンは「ひとりで食事をするのが多かったから、ここでは賑やかで良い」と嬉しそうだった。

王妃ジネブラと結婚した若い頃は豪華な食堂の長大なテーブルで端と端に座って食事をしていた。

それが昔からのしきたりだった。当然、会話などできない。若いふたりは昔のしきたりに素直に従っていた。

第二妃イレーヌが来てからは、そんなしきたりはあっさりと無視されるようになった。

だがイレーヌは、結婚してからこの国では王家の予算はガッチリと決まっていて自由に好きなものを買えないと知った。おかげさまで彼女は予算の余裕がありそうな頃にお強請《ねだ》りする時や情報収集したい時くらいしか一緒に食事をしてくれなかった。

六人は国王が気の毒になった。

国王の事情は王都から漏れ伝えられてくる噂と、王がぽつりとこぼした話やあのイレーヌの性格の悪さから想像がついた。

哀れな人の好い国王様……と森の家族たちは思っていた。

その愚かさゆえに迷惑を被った人たちは多くいたのかもしれないが、この森の家では関係がない。王は悪い人ではなかったのだから周りがもっとしっかりするべきだった、と森の家族たちは王の味方をして考えていた。

「私のような無名で素人の画家などが絵画展など開いて良いのか」

シオンは困った顔で疑問を述べた。

もっともな疑問だと他の者も思い、話を持ってきたライラを見た。

元国王が「無名」とは思わないが、画家としては確かに無名だ。

「私の妹や姉は領主様の屋敷で侍女をして働いているんです。それから、私がシオン様のところで家政婦をさせてもらってるのも知っています。そんなわけで少し言付けを頼まれたのです。まだ正式なものではなくて、シオン様は絵を領民たちに見せるのは良いかとか、絵画展を開くのは興味がおありかとか、そういうのをお知りになりたいようです」

「そうか。絵を見せるのは良い。絵を好きな者がわざわざ観にくるというのなら、どんな絵も退屈しのぎにはなるだろう。絵画展は興味はある。自分の絵の絵画展などで良いのかと思うが。領民が楽しめるのならやっても構わない」

シオンは考えながらそう答えた。元国王の割にあまりにも控えめで誠実な答えだと森の家族は思った。

シオンは素でこんな風だ。いつもこうなので、ここの者はすでに慣れていた。

元国王はまだ四十代の後半くらいで若いはずなのに、なぜか成熟前に枯れた若木のような雰囲気がある。シオンはその雰囲気のとおりの人物だった。

少年の頃から立派な父と比べて愚かだ愚かだと陰口を叩かれた。それでも、捻くれるには優しすぎる性格をしていた。向上心や野心もまるでなかった。それが「成熟前に枯れた」ように見えた。

「それでは、領主様にはそのようにお伝えいたします。でも……、実は、領主様が絵画展と言い始めたのは事情があると私は思うのです」

ライラはそう前置きをして説明をした。

このアウロラの森は広大で、ふたつの領地が接している。アロバルテ領はそのひとつだ。古くから続く領主家が治めていた。

ふつう瘴気の森には魔獣が多く生息するが、この森では魔獣の数はさほどでもなく小型魔獣ばかりだった。おかげで比較的安全に暮らせる領地だ。

研究者のザザとマキシーは「この森には光魔法を持つ魔草が生えているからだろう」と分析する。価値のある魔草を採りにくる者が多くなるといけないので、マキシーたちは秘密にしている。

シオンは孫がお腹にいる嫁のために摘んで王宮に送ったが、その時もマキシーがローレン王に事情を説明する手紙を同封している。

このアロバルテの領主には問題がある、とライラは打ち明けた。

「何しろ、あまり豊かな領ではありませんのに、贅沢好きで女好きで酒飲みで、おまけにカード遊びがお好きなのです。ただ、領主夫人の尻の下に敷かれてますのでなんとか領地は無事です」

そんな赤裸々な事情を聞いてシオンは呆気に取られた。

「夫人は良妻なのだな」

と、ようやく言葉を返した。

「もともと領主様は婿なのです。頭が上がるはずもありません。婿の人選を間違えたと奥様は常々こぼしているそうです。ただ、御子息たちは皆、奥様がしっかりお育てになったので次の世代は安心です」

ライラはにこりと微笑む。少々、苦笑気味の笑顔だった。

「それは良かった」

シオンも微笑んだ。

「噂はよく聞いているが……困った婿殿だ」

年配の護衛ジャンがぽつりと呟くと、若いほうの護衛ガイも頷いた。

ジャンはお喋り好きだが、ガイは滅多に口を開かない。それでも頷くくらいはするので会話は聞いているらしい。護衛のふたりは、元は領の衛兵をしていたが、こちらの仕事を打診され引き受けることにしたという。

ライラと男性の使用人テオは家事や庭と厩の手入れを担当。護衛たちはしばしば厩の世話の手伝いをしていた。

ずいぶん少ない人数だが、元国王なのにシオンはひとつも我儘を言わないので人手は足りていた。本当のところ、六人の中で戦闘能力が際立って高いのは魔導士のザザとマキシーのふたりだ。そこいらを一瞬で焦土にできるくらいの凄腕である。護衛は要らないくらいだが、ザザとマキシーは一応、研究員なので護衛が雇われた。

ゆるくて適当なシオンの幽閉生活は、ただのんびりしているだけの隠居暮らしだった。

マキシーがシオンに、

「領主家の末のご子息は優秀で学院に進まれたそうです」

と教え、その隣ではテオがこっそりとジャンに「領主様の噂は大袈裟ではないらしいな」と話しかけていた。

テオは、以前は狩人もしていたが、なんでもできる器用で屈強な男で、ここに通うようになって狩人は休業状態だ。たまに角兎を狩って、差し入れをしている。

この辺りの人は皆、厳つく体格が良かった。女性も心なしか逞しい。

ザザとマキシーの兄妹は生まれも育ちも王都で細身だが、他の四人は地元の生まれだった。

「そういう領主様ですから、シオン様の絵画展も、何か……自分のご都合を考えて言い出したのかもしれません。もしかしたら、シオン様の絵が高く売れるとか、そういう考えがあるのかも……」

ライラは言い難そうにそんな推測を話した。

ライラが言い難かったのは領主の悪口だからではなかった。ここの領民たちは、婿である領主の悪口くらい酒場でもどこでも平気で話している。シオンが気を悪くしないか、心配だったからだ。

「それはないだろう。私の絵が高く売れるなど、あるわけがない」

シオンはライラを安心させるようにそう言って微笑んだ。

「そうでしょうか……」

ライラはやはり不安そうだったが、

「では、シオン様がよろしいのでしたら、きっと絵画展は行われると思います」

とシオンに告げた。

「絵はたくさん描いたものがある。領民たちが喜ぶと良いのだがな」

シオンは今更ながら迷うように、自信もなさそうにしている。

「喜ぶと思いますよ、シオン様の絵はただ上手いだけでなく楽しくて可愛らしくて良い絵ばかりですからね」

ザザが熱心に励ました。

「そうか？　可愛らしいというのはよくわからないな」

シオンは渋い顔をした。

自分の絵の評価は、どうも変ではないかと思った。

ライラの予想どおり、絵画展は開かれることになった。

「とても立派な会場で行われることになりました」

一週間ほどしてライラが報告してきた。てっきり、領主邸の広間か国教の施設を使うのかと思えば違うらしい。

「そうか。それは楽しみだが、絵の枚数が足りないかもしれないな。会場が立派なのにガラガラでは味気ない」

シオンが困った顔をした。

あれからシオンは、絵画展に展示する絵を選んだりしていた。

テオの額縁作りも佳境に入っていた。シオンの絵を額に入れるためだ。ずっと以前からシオンの絵は、テオが手作りの額に入れていた。

テオはとても器用だった。木材を知り合いの材木商から手に入れてきて作っていた。

こんな田舎町では額縁がたくさんは手に入らなかったし、作ったほうが早かった。手作りの額縁に彩色を施したのはシオンだ。絵の邪魔にならないように、うっすらとした色で細かい模様を描いてある。

なかなか綺麗な額縁が出来上がっていた。額縁だけで芸術作品のようだ。

額縁のガラス部分は、ザザとマキシーが引き受けた。薄っぺらいガラスみたいな板は植物型魔獣の素材で作ったものだ。ちなみに、その植物型魔獣を狩ってきたのはガイとジャンだった。

そんな風に、皆の共同作業で作られた額縁に入れられたシオンの絵は普段は家の一部屋に飾ってある。シオンの絵が溜まってからというもの、奥の部屋はずっと展示室になっていて、邸のものは誰でも座ってくつろげるようにテーブルと椅子が置いてあった。

絵画展では、当然ながらその展示室の絵を残らず運ぶ予定だ。だが、広い会場では足りないかもしれない。

「何を考えているんですか、あの領主は……」

ライラがぶつぶつと文句を言う。

「それで、具体的にはどれくらい立派な会場なのだ?」

シオンが尋ねると、地元民のジャン、テオ、ライラ、ガイが揃って気難しい顔になる。

「領主邸が三十年くらいも前に建て替えられたのはご存じですか」

とジャンに尋ねられ、シオンは頷いた。茶飲み話でそれは聞いていた。

タチの悪い新種の植物型魔獣が領主邸に蔓延《はびこ》ってしまったのだという。人的な被害はほぼなかったが、建物がグラグラになった。

すっかり退治するのに二年くらいもかかったために領主邸は別に移された。古い領主邸は一階部分だけ残してほとんど崩れてしまった。

後に、領主邸跡は修繕をして劇場に造り替えたという。

そんなわけで、こんな田舎の領地には不釣り合いなくらい広くて立派な劇場がある。そこが今回のシオンの絵画展をする会場になっている。

「……結構、広いようだな」

シオンがもっと絵を描き足したほうが良さそうだと考えていると、ザザが提案をした。

「シオン様からみんなに差し上げた絵がありますでしょう？　あれも持ち寄って展示すればいいですわ」

「皆が家で飾っている絵をか？」

シオンは皆に頼まれて、風景画や騎士団長の絵や、美人女優の絵などを描いたことを思い出した。

「ええ。絵画展が終わればまた家に持ち帰ればいいんです」

ザザがそう言うと、他の皆も頷いた。

「しばらく家の壁が殺風景になるが、絵画展で見せびらかすのもいいな」

ジャンが朗らかに言い、

「俺がもらった絵だと自慢してやりますよ」

と、テオも楽しそうに同意した。

皆が持ち帰っている絵も手作りの額に入れてあった。六人それぞれが持っている絵はひとり五枚くらいもあり、これで三十枚は展示する絵が増えた。

なんとか立派に絵画展が開けそうだった。


アロバルテ領の領主ジェイト・アロバルテは見た目は立派そうな男だった。だが、よく見れば小物臭い雰囲気で、古くからある領主家の当主という威厳はない。

領主夫人であるメイサは多忙により留守にしていた。街道の整備について近隣の領主たちと話し合う件で留守がちなのだという。

ライラやテオたちは、領主夫人が留守のこの時に婿の領主が絵画展をやろうと言い出したことに不信感を募らせていた。夫人が街道周りを視察して忙しくなるのは予めわかっていたことだ。

それでも「絵画展が行われる」と領地内の役場や酒場や料理屋に広告が貼られると領民たちは楽しみにしていた。

ライラは、入場料を取るべきではないか、と考えていた。

シオンの生活費は王室管理室からの「引退した国王の生活費」というものから出ている。シオンが贅沢をしないので楽に暮らせているが、そう大きな金額ではなかった。ライラは買い物をよく担当しているので、おおよそ知っていた。

それでもシオンは金になど頓着はしないが、シオンたちの手間がかかっても婿の領主は礼などしないだろう。いつもテオたちに「額縁代」と言って小遣いを渡してくるシオンのために、ライラは領民も楽に払える安い入場料を取ったらどうか？　とシオンに提案した。

だが、シオンは「とても貧しい領民もいるだろう。皆に見て楽しんでもらいたいのだ」と言い、無料となった。


絵画展当日。

劇場での絵画展は大盛況だった。

遠い村々からも見物人が来ていたのは後から知った。元陛下の絵画展ということで領地の隅々まで評判になっていたらしい。

シオンの絵は、贔屓目《ひいきめ》なしに良い絵だろうと思う。丁寧に繊細に描かれていて、猫や鳥や牛などの動物たちがなんとも可愛らしい。木々や草花の色合いも美しい。

テーブルの焼き菓子の絵などは、テオが「見るとバターと砂糖とクリームの匂いがする」と言うくらいうまそうだった。

人気の絵にはいつも人だかりができていて、皆が見られるようにテオが会場整理をしていた。

王都の神殿や遠い外国の絵は物珍しさもあって人の目を引いたが、騎士団長が模擬戦で戦う大きな絵は領地の少年たちが毎日いつでも、いつまでも眺めていて人が途切れる時がない。

シオンは絵画展の様子を見に町まで来ていた。

元国王は森の家から出られないことになっていたが、それは今では建前だけとなっていた。実際は家にかけられた結界の制限はシオンに関しては解除されている。宰相もローレン国王もシオンを閉じ込める必要のないことはわかっていた。

ただシオンが迂闊な性格であるために心配されているのは変わらない。

シオンは少年たちに「騎士団長様は本当にこんなに強いんですか」と尋ねられた。

絵では、筋肉を隆々とさせた騎士団長が、双剣でふたりの騎士を同時に相手取り、ひとりの剣を薙ぎ払って倒し、もうひとりの首元に剣先を突きつけていた。

「私は模擬戦しか見たことはないが、私の近衛が『団長は、普通のオークくらいなら蚊を払うように屠っていた』と言っていたな」

シオンが答えると、少年たちが「えぇぇぇぇえぇっ！」と皆で声をあげた。

シオンがその話を聞いた当時は、オークが弱いのか、団長が強いのか、蚊が凄いのかわからなかったものだ。少年たちが驚く様子に微笑ましく思った。

文字どおり、老いも若きも富める者も貧しき者も、皆がこぞってやってきた。

「絵は良いものですねぇ」

「陛下にこんな才能がおありだったとは」

と誰も彼もが笑顔だった。

絵画展は十日間開かれた。連日、大賑わいだった。会場前には出店がいつの間にか立ち並び、まるでお祭り騒ぎとなった。

最終日。

それまで一度も顔を見せなかった婿の領主がやってきて、領民たちから挨拶を受けていたシオンに問いかけた。

「どうです？　元陛下。絵はだいぶ売れましたか？」

その場にいたものは凍ったように固まった……シオン以外は。

シオンは話をしていた村人に向き直ったまま、

「そうか、羊飼いなのだな。今度は羊の絵を描こう。皆が喜んでくれて私も嬉しい」

などと朗らかに答えていた。

無視をされて機嫌を悪化させ始めた領主に代わり、ザザがシオンに声をかけた。

「シオン様。領主様が、絵が売れたかとお尋ねです。代わりにお答えしてよろしいですか」

「ああ、答えておいてくれ」

シオンは相変わらず、村人のほうを向いたまま答えた。

恐縮した村の老人は「いえ、ご挨拶をしたかっただけですので」と慌てて立ち去った。

ザザは、領主に言ってやった。

「シオン様は絵はお売りになりません。皆に見てもらうために持ってきたからです」

「なんだって？　売らないというのはどういうことだ？　それでは、会場費はどうやって支払うのだ。元陛下には大した金は回されていないのは知っているのだぞっ！」

領主が怒鳴りつけ、その場にいたものは再び固まった。

シオンは婿領主の言葉がよくわからなかったらしく首を傾げた。

「ザザ、あの領主は会場費と言ったか？」

「いえ、ええ、まぁ」

動揺したザザはあやふやに頷いてしまった。

「そうか、そういうものがかかるのだな。いくらだ？　ザザ、支払いを……」

とシオンが答えるのをザザは遮った。

「支払う必要はありませんわ。こちらの会場を使うようにと指示をしましたのはアロバルテ伯爵ですから」

「むっ！　貴様、この私に向かって……」

「家格のことを言いたいのでしたら、シオン様のほうが格上でらっしゃいますが？」

男前なマキシーが前に歩み出た。

ジェイトは、研究員のふたりに逆らうとまずいと気づいた。彼らが王宮と頻繁に連絡を取っているのは知っていた。

慌てて口調を変えた。

「もしも支払いが困難なら、その絵を代わりにもらってやろう」

ジェイトは入り口側の絵を手で示した。偵察に来させていた自分の従者に、人気の絵は予め聞いていた。

従者は言っていたのだ。

『入り口そばの絵がずいぶん評判です。女優の絵と騎士の絵と。それに神殿の絵や女神の絵など。欲しがっているものが多くいました』

ジェイトが欲しいと言った絵は、ガイや、ライラやテオたちの絵だった。

絵が足りなかったので、森の家族にあげた絵を借りていた。あげた絵を取り上げるなどできない。どの絵も、普段は彼らが自分の家で飾っていた。

ガイの絵は彼の愛馬が走っている姿が描かれている。ライラには王都にある国教の荘厳な施設を描いたもの。ザザの絵は彼女が見たいと言った海辺の白い街並み。マキシーにあげた絵は雪の霊山。

ジャンには騎士団長が模擬戦をしているところだ。騎士団長に了解を得たわけではないが、彼は気にしないだろう。

テオには王立劇場の看板女優の絵を望まれた。シオンは女優の顔など覚えていないと渋ったのだが「少し似ているだけでもいいから」と頼まれて描いた。本当に少ししか似ていないと思うが美しく描いたのでテオは相当気に入っている。他にもテオが「女神の絵も欲しい」とか「妖精の姫の絵も」とかいうので、テオの絵は美人画ばかりだ。

絵を見る目のある者は躍動感のある馬が走る様を描いた絵に感心し、あるいは、神々しさまで見事に表現された雪の霊山に心を奪われた。

あとは普通に、テオが気に入っている美人画の周りに男性陣が群がっていた。

おかげで婿領主は、従者が「欲しがっていた」という情報から「高く売れるだろう」と目論んだ。元より「元国王」というネームバリューだけでも売れると考えていた。

けれども、シオンはそんな領主の思惑など知ったことではなかった。どれも皆、森の家族のために描いたものばかりだ。

「あれらの絵は渡せないな」

シオンは首を振った。

「……なんですと？」

「どれももう望まれて人の手に渡っている」

「は？　あの女優の絵や騎士の絵やらを言っておるのだが？」

「だから、無理だな」

シオンははっきりと断った。

「そんな馬鹿な！」

「領主様！　シオン様になんてことを仰るのですか」

ライラが思わず口を挟んだ。

「使用人風情が、黙っておれ！」

その時、背後から声をかけられた。

「領主様！　劇場使用料など請求はしないでください！」

劇場支配人が慌てて駆けつけてきた。誰かが知らせたらしい。

「ゴドール、黙っていろ！　貴様は関係ない！」

「関係ございます。メイサ夫人に、くれぐれも会場費などを取らないようにと頼まれております！

シオン様のご好意で領民たちのために開かれた絵画展です。会場費はメイサ夫人が劇場の広告宣伝費で落とすからと仰ってました！」

「そんなのは知らん！」

ジェイトはこめかみの血管を破裂させそうにピクピクさせて怒鳴った。

「そもそも、会場費を万が一、請求するにしても、なぜ領主様が絵を取り上げるようなことをなさるのです。我が劇場はそういうことは聞いておりません！」

支配人は、負けずに言い募る。

「首にするぞ！」

「メイサ夫人にご報告させていただきます！」

「くっそぉ。誰も彼も！」

「どうなったのだ？」

シオンがザザに尋ねた。

何か混乱しているようで、シオンは話がよく見えなかった。

「いえ、それが……」

ザザが答えようとしていると、それに被せるように領主ががなり立てた。

「貴様など、自分の第二妃を病にして閉じ込めているくせにっ！」

ジェイトのだみ声が響き渡った。

シオンは呆気に取られてジェイトを見た。

領民たちはシオンとジェイトとを交互に見た。

重苦しい沈黙がしばし流れた。

「何を仰ってるのですか、ひどいデマですよ」

不意に群衆の中から誰かが言った。

「そうだ、ひどいデマだ」

他の誰かも言った。

口々に「嘘だ」「なんてことを」と領主は責められた。

「な、何を逆らう！　俺のいうことを信じないのかっ！」

ジェイトは、焦って怒鳴った。

その時、凛とした声が辺りを制した。

「馬鹿ね、全く」

すらりとした淑女が人の群れの中から姿を現した。

領主夫人のメイサだった。

メイサはきびきびとした威厳のある女性だった。堂々とした足取りで近づいてくる。

ジェイトは、萎れるように縮こまった。突然の夫人の登場にジェイトは本気で心臓が止まるかと思った。妻には頭が上がらない。ただ幸いなことにメイサは領主の仕事で忙しく、その間ジェイトは好きなことができた。時折ハメを外しすぎて鬼のように怒鳴られるが、嵐が過ぎればまたいつもの生活に戻れていた。

「め、メイサ！　こ、この男は……」

ジェイトは必死にシオンを指差した。

そんな夫をメイサは悪鬼のごとき迫力の顔で睨んだ。

「無礼な！　引退されたとしても、シオン様は王族でらっしゃるのですよ！」

妻に怒鳴られてジェイトは目を見開いた。

メイサはため息を吐いた。

「あなたは不敬罪で罰せられるでしょう」

これで離婚する理由ができましたわ、という言葉は夫人の唇の中で囁かれ人の耳には入らなかった。領主家も無傷では済むまい。だが知らないふりなどできない。領民たちの前でこの男は元国王を罪人呼ばわりしたのだから。

「王族だって？　み、見捨てられた王が……」

ジェイトは焦った。

「見捨てられた王」「僻地に捨てられた王」とジェイトは噂を聞いていた。「イレーヌ妃を第二妃にした責任を取らされた」とか「イレーヌ妃を蟄居《ちっきょ》させるために一緒に引退した」という噂もあった。だからと言って、シオンの「元国王陛下」という肩書きが消えたわけではなかった。

「はぁ。あなたは……。王家とシオン様が定期的にやり取りをされていることを知らなかったの？」

「え？」

ジェイトは間抜けヅラを晒した。

「王妃様のお名前の贈り物もよくありましたわ。あなたのことは報告をします。覚悟なさい。普通の貴族に対してでも名誉毀損で裁かれるような事案ですよ」

「な、馬鹿な」

「馬鹿はあなたよ。イレーヌ様の公然の秘密も知らなかったなんてねぇ」

のちに、ジェイトは知った。

ライラたちが愚痴をこぼしていたため、イレーヌが毒を疑って薬草を摂らなかったことは領民はみんな知っていた。主の家の事情を話して良いのかとも思うが、実は宰相の指示だった。
この地域では昔から「森の薬草を摂らないと関節症になる」と言われていた。本当は関節症という
より瘴気毒の中毒だ。
瘴気毒のことは知られていないが、薬草を好き嫌いして食べないと風土病になるのは領地では常識
だった。
イレーヌが病床にあることは秘密にしていない。もしもイレーヌが病死した場合、妙な勘ぐりをさ
れないためだ。むしろ、密かに噂にして経緯を広めさせた。宰相がザザたちに指示しわざと情報を流
させた。
使用人の四人が家族や知人に話し、病床のイレーヌをシオン自らが介護している話も知れ渡ってい
た、美談として。
ライラやテオやジャンたちは四人とも信用されている者ばかりだし、嘘をつく理由もない。
それに引き換え、婿の領主は領地の嫌われ者だった。どちらを信用するかなど明らかだ。

その日。

慌ただしく帰りの支度をし終えてひと息ついていると、

「あの婿殿は何を言っていたのか?」

シオンがこっそりと尋ねた。

「……え?」

ザザやテオやライラたちは思わず強張った。

「婿殿はずいぶん早口な上にここの訛りがあって聞き取れなかったのだ。第二妃と言ったような気がしたが、絵画展にはなんら関係もないし。なんだったのだろうか？」

ザザたちは「あぁそうだった」と思い出した。

王都から遠く離れるほどに言葉には訛りがあるのだ。ここアロバルテ領もそうだ。

ライラたちは聞きやすいよう話しかける時はゆっくりなのでシオンは困らなかった。他の領民たちとの会話も、相手が丁寧に話してくれればなんとか聞き取れる。

だが、ジェイトは違った。普通、貴族ともなれば標準語を話すものだが、ジェイトは娼婦やカード仲間の話し言葉の影響を受けて訛っていた。だからシオンは彼がなんと言ったかザザに確かめていた。

「いや、それは、あの。シオン様の絵をよほど欲しかったらしく。それで、なんだか、金のことなどで思うところがあったんでしょうな」

テオが必死に誤魔化すと、ジャンも頷いた。

「誤解もあったようですよ、大したことじゃないでしょうな」

シオンはそういう話ではない気がしたが、何しろ、ほとんど聞き取れなかったのだからどうにもならない。ジャンが「大したことじゃない」というし、もう気にしないことにした。


数週間後。

メイサは「シオン様には気の毒なことをしたけど、あのクズ亭主を追い出せて良かったわ」と、ひとり自室でくつろいでいた。

ジェイトは彼の実家に帰らせた。その前に、離婚届には署名させておいた。

あんな男との結婚は間違いだった。メイサの祖父に人を見る目がなかったために。それに、古い付き合いや、メイサ自身もジェイトの見た目などに騙され、性悪な夫を持つことになった。

おかげで苦労をした。

離婚というのは、なかなか面倒なものだ。夫の娼館通いを理由に離婚するのは、メイサはみっともないと思っていた。たかが娼館通いだ。離婚の理由としては少々物足りない。それに、離婚したのちも付き纏われる可能性がある。なによりも、あの男を野放しにして息子や娘たちの義理の妹弟がそこいら中にできるのは気に入らなかった。

それが、思わぬところで叶った。

先代国王夫妻がこんな僻地に引っ込むことになった事情は、国の領主たちはおおよそ察している。第二妃イレーヌが何か致命的なことをやったのだ。ドマシュ王国の王女だったために、さぞ王宮はあつかいに困っただろう。

隣国とは仲違いしたくもないが、放っても置けないからイレーヌは遠い僻地にやられた。表向きは穏便に済ませ、国王はイレーヌを第二妃に選んだ責任を取った。

王宮からの贈り物が頻繁に送られてくるために、メイサは、

「現国王は、自分の父を僻地にやってしまったことを少々悔やんでいるのかもしれないわ」

と考えていた。

今回の絵画展については、シオンが関わることは「領民の福利厚生のためにも歓迎する」と王の書簡までもらっていた。

ライラからの情報でも、シオンは人の良い穏やかな人物だという。

ただ、無垢というか、王としては愚かなような気がするのだ。だから、追いやるしかなかったのだろう。利用されてしまう人柄なのだ。そういう者が最高権力者だと傀儡《かいらい》になりやすい。

（きっと、シオン様はこういう田舎でのんびり暮らすのが合っているわ。もう、彼を利用しようとする者はいないのだから）

メイサは絵画展ののち、自分の夫が不敬罪を犯したことを王宮に知らせた。重ね重ね不敬を詫び、沙汰を待った。

王宮のほうでは検討したのちに、ザザたちとも連絡を取り合っていたようだった。

メイサは緊張しながら日々を送った。

王宮からの返答が数日前に届いたのだ。

『王室管理室では、非常に性質の悪い謀略的な流言を現領主ともあろうものが民衆の前で言い放った罪は重いと判断した。ただ、当のシオン殿が「私はこの地でよくしてもらっている。あの領主が何か言っていたらしいが気にしていない。ただ、このアロバルテの地と領民たちが面倒に巻き込まれるのは困る」（原文のまま）と証言しているので、ジェイト・アロバルテに関しての処罰はメイサ・アロバルテに一任する。ただし、二度とこのような過ちが起きないよう、くれぐれも厳正な処罰を依頼する』

メイサは、喉が潰れたように声が出なくなる薬をジェイトの食事に混ぜた。二度と暴言を吐かないようにしたのだ。アロバルテ伯爵家として王宮の依頼に応えた。事実上、お咎めなしに済んだからと離縁だけで終わらせることはできない。領主として落としどころは知っているつもりだ。

さらに、息子たちの要らない弟妹がそこらで生まれても困るので、男性としての生殖能力が不能となる薬も飲んでもらった。女好きのジェイトは熱心に娼館通いしていたがもう行けないだろう。これは不敬罪とは関係がない。新婚間もない頃から婿に娼館に通われた妻からの復讐だった。

その上で離縁し着の身着のままで実家に返した。

メイサは彼の実家にも腹を立てていた。ジェイトが性悪で女と酒とカード遊びに耽溺していたことをあの実家はすっかり隠してこちらに押しつけたのだから。実家の家にも裏から圧力をかけておいた。

(シオン様にはお詫びと恩返しをしないとね)

メイサは、森の家で仙人のように隠居生活を楽しむ元国王にどんなお礼をしようかと頭を悩ませた。


その後。

絵画展の騒ぎがすっかり落ち着いた頃。

シオンは羊飼いとの約束を果たすために牧場へ向かった。羊たちがもこもこしているところを見学した。

まさか本当に元陛下が来られるとは思っていなかった羊飼いたちは恐縮していたが、シオンが気さくなために案外すんなりと慣れてくれた。手土産に持っていった柔らかい酵母パンも好評だった。

視察で領地を回っていたメイサが、シオンが来ていると聞いてルートを変えて様子を見に来た。

シオンは「猫みたいに昼寝していてくれれば描きやすいのだがな」などと言いながらのんびり羊の絵を描いていた。

「なぜかくつろぐわ」

メイサが気の抜けた口調で呟くとシオンに同行していたザザは頷いた。

「癒やされます」

青い空と緑の草原、クリーム色の羊と。見慣れた景色のはずが、無心に絵を描く画家の姿が加わるといつもより和んで見えた。

メイサとザザはそれぞれに想うことがあった。ふたりとも王宮の事情は自分の情報網から知っている。才女と名高いジネブラ王妃が、無能で有名なシオン王と政略結婚したのは互いにとって不幸だった。それでも、ローレン王子が生まれた時は、普段は無口な王がはしゃぐ程に喜んでいたという。皆が望む能力を持っていなかったために元国王は愚かと言われた。ないものはない。でもそれが彼の罪だった。

「そうね」

メイサは来ていただけて良かったと、今では思う。当初は面倒に思っていたが。

瘴気の濃いアウロラの森は、ふたつの領地と接しているだけでなく西の隣国との緩衝地帯になっている。そういう複雑な森のために、管理には国も介入している。王立研究所を引退した宮廷魔導士であるザザとマキシーの兄妹が常駐しているのもそのためだ。

メイサは、宰相に「元国王夫妻が隠居する」と言われても何も文句は言えなかったが、夫妻の生活費から領民の使用人を雇ってもらえれば少しでも領地に金が入るという打算はあった。

蓋を開けてみれば、元国王は領民たちの心を潤す絵を描いてくれている。まだ若いのに隠居生活を楽しんでいるようだ。

（ここで、穏やかに暮らしていただこう）

メイサは、妙に羊の群れに馴染んでいる元国王を見ながら微笑んだ。

ひと月ほどのち。

いつの間にか「シオン画伯ファンクラブ」なるものができて、メイサは驚きあきれることとなった。

舞台の裏側で……

「オホホホホ、アハハハハ」

女の笑い声が響き渡る。

「すまなかった、ですって？　悪かった？　そんな言葉で獄中で死んだ父と母と兄の無念が晴れるとでも？」

底冷えのする声で女が言い放つ。

「看守どもがあそこまで非道なことをするとは思わなかったのだ」

男は必死に言い募った。

女が男のグラスに軽い麻痺毒を仕込んだために動けない。

「馬鹿ね。そんな言い訳を誰が信じるの？　相変わらず嘘と誤魔化しが得意ね。看守にあれだけたっぷりと金を渡して『何があっても露見はしない』と言い聞かせて、父たちが無事で済むとでも？　婚約者だった私を娼館に売る男が、知らなかった……ねぇ？」

「だ、だから、それは……」

女は容赦なく杖を振り上げた。

ガツンッ！

男の喚き声が響き、幾度も杖が振り下ろされる。

女のギラギラとした目。振り下ろされる杖の音。男の叫び。

やがて舞台は暗転する。

淡々とその後を語るナレーション。女の復讐は終わりを告げる。

復讐の場面は短い。劇場としては生々しいシーンを長く舞台に登場させるつもりはない。それにもかかわらず、女のあのギラついたガラス玉のような目と藻掻く男の姿は観客の胸に強く残っただろう。

（やっぱり、凄い……）

リグラスは深くため息を吐いた。

舞台の袖でふたりの場面に見入り、山場では息をするのも忘れた。

今宵の公演は、古典をもとに脚本化されたもの。歌劇「白薔薇」は娼館で「白薔薇」とふたつ名を付けられた女ジュリの復讐劇だ。

いつもリグラスは「白薔薇」では娼館でジュリと出会い惚れて彼女の復讐を手伝う恋人役だった。

本音ではジュリを裏切る元婚約者の役をやってみたい。主役はジュリだが、準主役は元婚約者ロブナスだ。

自分がまだロブナスを演じきれないことはわかっている。ロブナス役は毎回、看板俳優の大先輩だ。

リグラスは自分の演技に自信はある。自信がなければやっていけない。もともとリグラスは自信家だった。

だが、この劇場で働き始めて先輩たちの演技を目の当たりにして上には上がいると知った。特にジュリ役を体当たりで演じる女優ロザリには初っ端から魅了されていた。

リグラスは支配人から釘を刺されていた。

「うちの俳優たちは、みんな身持ちが固い者ばかりですよ。真面目に仕事をしてくれています。ウブな子もいます。そんな俳優を騙すような真似をして引っ掛けるのはくれぐれもやめてくださいね。契約書の『劇団内の調和を乱す行為』に含まれますからね」

リグラスも色々とあったために、ここでは真面目に暮らすつもりだった。だから、ロザリには挨拶くらいしか声をかけていない。

もしもロザリからの好意を感じることがあれば食事くらい誘いたい。けれど、見込みがないことはもう知ってしまった。

公演が終わり劇場の廊下を歩いているとロザリの姿があった。

衣装を脱ぎ化粧を落とした彼女には舞台の華やかさはない。どちらかというと地味だ。

顔立ちは悪くないが目も鼻も小さめで、そのくせ口は大きめだ。舞台では目元をしっかり派手に化粧するので誤魔化せている。普段の彼女はほぼすっぴんだ。金茶色の髪は引っ詰めて縛り、朗らかに笑い冗談を言う。

舞台での妖艶な姿や悲劇のヒロインの儚さはない。でも、それを可愛らしく感じるとは、以前の自分では考えられない。

彼女はいつも生き生きとしていた。舞台明けで若干、疲れた様子の彼女でさえも、役作りに悩みしかめ面をしている時でも。

舞台裏の彼女も舞台と同じくらいに魅力的だった。惹かれれば惹かれるほど現実を知ったときに打ちのめされる。

(俺は、馬鹿だな)

ロザリは大道具係のクマのように逞しい男性に頬染めて話しかけている。

「どうだった？　今日のジュリ」

「白薔薇のジュリは今日も復讐の鬼になってたなぁ」

クマ男、ダグートは朗らかにそう言った。

「ひどい言い方！」

ロザリは文句を言いながらも嬉しそうだ。

リグラスはふたりが相思相愛なのを知っている。知りたくなくても見ればわかる。

ロザリが手作りの焼き菓子をダグートに渡したり、サンドイッチを持ってきてふたりで並んで食べているのも見た。

劇団員たちの噂も聞いた。

『ダグートのやつ、ほんと大きいなりして奥手でヘタレだぜ』

『すぐに照れるんだから』

『デートも満足に誘えないんだと』

ふたりが並んで歩いているのも見た。

クマのようにデカイ男とほっそりとしたロザリ。

ゆっくり手を繋いで歩く後ろ姿。時折、互いに互いの様子を見るふたり。

（あぁ、想い合ってるんだな）

胸が締め付けられる。

数えきれないくらいの女を抱いてきたのに愛を感じたことはなかった。

唯一、兄の婚約者に強く惹かれたことがあった。その一瞬のちには兄の腕に抱かれる彼女に、もう何もかも手遅れなのだと悟った。初恋かと思った瞬間に想いは粉々になっていた。

あれからリグラスは、愛だの恋だのというものにはまるで縁もないし興味も感じなかった。聖職者のように清廉な人生を歩むのもいいな、などとさえ思っていた。

それがロザリに出会って、あっさり清廉生活はどうでも良くなった。

そのロザリも他に想い人がいた。

ロザリを諦めるにしても、もう誰でも良いなんて思えない。

酒を飲むようになったのは俳優になってからだ。

帽子を深々と被り眼鏡をかける。

他の劇団員もたまに訪れる酒場は、俳優がお忍びで来ているとわかると奥まったカウンター席に座れと目線で案内してくれる。目立たない席だ。店の灯りがあまり届かないのだ。以前なら、古びた店のこんな薄暗い席で酒を飲もうなんて思わなかっただろう。

「軽いやつで」

そう頼むと、度数の低い酒を適当に選んでくれる。リグラスはあまり強くない。

ちびちびとやりながら飲み干すと、二杯目に何を頼むかを迷った。

飲んで酔って、何もわからなくなりたかった。美人を引っ掛けて粋がっていたクズの自分が思い浮かんでならない時は酒を飲まずにはいられない。

あの頃より今のほうがずっと生きていると実感できる。

俳優の仕事はやりがいがある。生きがいでもある。おかげでなんとか人生に前向きになっている。

けれど、ロザリとダグートの姿を見てしまうともうダメだ。

「自分がどうしようもなくクズだったと思い浮かんで仕方ない時は、どんな酒がいいかな」

リグラスがマスターにそんなセリフ染みたことをいうと、初老の男は渋く笑った。

「公演は終わりですか」

「ああ、今夜が千秋楽だった」

リグラスは空のグラスを弄びながら答えた。

「打ち上げはなしですか」

マスターが首を傾げる。

「私が行っても浮くだけだ」

「そんなことはないと思いますよ。団の若い子が酔っ払いに絡まれてるのを助けたそうですね」

「え？　あ、いや、たまたま……」

リグラスは、そういえばそんなことがあったな、と思い出した。劇団で練習し遅くなった帰りだった。喧嘩などしたこともないが、相手が足下もおぼつかないくらい酔っていたおかげでなんとか助けることができた。

「小道具係の坊やに、お母さんの薬代をそっとくれてやったとか？」

「金には困ってないんで」

それもたまたまだった。その少年は、薬代に困ってると仲間に金を借りようとしていたのだ。

小道具の下っ端仲間も裕福ではない。だから、簡単な小間使いのような仕事をわざと頼んで小遣いをやった。

「みなさん、仲間だと思ってくれてるみたいですよ」

「そ、そうか……」

「行ったらどうです？　打ち上げ」

「いや……」

リグラスが行かない理由は、ロザリがダグートといちゃついているのを見たくないというのもあった。

「まぁ、片思いの人を見たくないというのはわかりますが、みんな知ってるから庇ってくれますよ」

マスターが片目をつぶる。

「え？」

「バレバレですって。ここだけの話、ダグートのせいで失恋したやつはひとりふたりじゃないそうですよ」

「えぇ？」

「涼しい顔でロブナス役をやってる大物俳優も……」

「えぇぇ？」

「失恋クラブができそうな勢い」

「まさか……」

「連中とくだ巻いて酒飲むのも一興かと」

リグラスは思いがけない情報に頭が真っ白になったのちに、確かにそれも面白いかという考えが浮かんだ。

「二杯目は打ち上げで飲んでくる」

リグラスは立ち上がった。

「そうしてください」

マスターの声に押されるように酒の代金を払うと、そそくさと打ち上げ会場に向かった。

「あの噂の王子様とは思えないなぁ」

渋いマスターはそっと微笑んだ。

レーナと謎の生き物

酒処「酒楼」はイーサンという裏ボスめいた男がオーナーの店だった。

レーナはそこで給仕として働いていた。イーサンの愛人業もしている。

休みや仕事の後にはリグラスの追っかけをしていたが、ゴシップ誌に「リグラス王子、熱愛！」と書かれた記事に落ち込んでからは足が遠のいた。

（はぁ、とうとう今の生活から抜け出せる頼みの綱が絶たれちゃったか……。イーサンの愛人業もイマイチ、下っ端だしなぁ）

イーサンは好みの女には良い暮らしをさせている。

一番のお気に入りのドリーは、ドレスも宝石も靴も最高級品を身につけている。もちろんドリーは働いていない。イーサンの秘書的なことも少しはやっているらしいが、悠々自適な生活をしている。

（はぁ、ウラヤマ。もっと尽くさないとダメかな。でもなぁ。どうせ、巨乳じゃないし。この腕輪があるおかげで他の男なんて見つけられないしなぁ）

タラタラと働いていたら店長に怒鳴られた。可愛い顔のおかげで働かせてもらっているけれど、給仕としては大して役に立っていないかもしれない。

（イーサンの「お渡り」があったら今度は頑張ってみよーかな）

相変わらずタラタラと働いていると、客の若い男に「君、可愛いね」と声をかけられた。

初めて見る客だ。レーナがイーサンの女だということを知らないのだろう。

（久しぶり！　ナンパ、されちゃう？）

レーナは浮かれた。

「ありがとう！　うふ！」

愛想笑いをしてグラスを置く……と、男の視線がレーナの「罪人の腕輪」に留まった。

（あ、しまった！）

と思った時にはすでに男の視線は不自然に背けられていた。

（あぁぁ、またダメかぁ。これがあるからイーサンくらいしか相手してくれないんだよなぁ）

レーナは真面目に勉強をしなかったので知らなかった。

罪人の腕輪は、鉱山で働いたり刑務所で刑務作業をして罪を償わないことを選んだ犯罪者に付けられる「特別な場合」にのみ使われるものだ。「特別な場合」とは、多くは秘匿されているので庶民は事情がわからない。わからないために余計に忌避される。

レーナは隣国の王女だったイレーヌ絡みで罪人の腕輪をつけられることになった。だが、官吏たちは、レーナはきっと修道院に行くことを自分から望むだろうと考えていた。

普通、罪人の腕輪をつけて町に放たれても若い女は野垂れ死ぬだけだ。罪人の腕輪つきでは娼館でも働き難い。

ところが、レーナは無知ゆえに腕輪を選び、たまたまイーサンに拾われたおかげで死なずに済んだ。

だが、自分の現状をわかっていないために、イーサンに大して感謝などしていなかった。それに、イーサンの好みもわかっていない。

イーサンが好きなのは賢い女だ。容姿が良い女も好きではあるが、どれだけ美人でも愚物は好かない。

レーナは気まぐれに助けてやった。だが、レーナはやる気もないし使えない給仕だった。ただ、顔が良いので客引きになるから置いている。

本当は愛人にしたくもなかったが、使えない女を置いておく理由がないと他の者たちがレーナを妬むだろうから相手をしてやっているだけだ。

そんなこともわからないレーナに、イーサンはそろそろ「慈善事業してやるのも飽きてきたな」と思い始めていた。

修道院に行く地図でもくれてやるかな、と。


「レーナ！　あんた、グラス割るの何個目だと思ってんの！」

同僚のマリに怒鳴られレーナは思わずチッと舌打ちをした。

「酔っ払いにぶつかられたのよ！」

レーナだとてグラスを割りたくなどない。だが、この酒場の酔っ払いは行儀が悪いのだ。

「避ければいいでしょうが！　何度言わせんのよ！」

「グラスを盆にのせて避けられるわけないでしょ！」

「ぼうっと歩いてるからよ！」

言い合っていると店長に睨まれた。

「お前ら、うるさい。それから、レーナ。後で話がある」

「え？」

レーナは眉をひそめた。きっとろくな話ではない。「グラスを割るな」「グラス代は給料から引く」、そんなところだろう。安月給がさらに安くされるのかとうんざりする。

マリは「はぁい」と店長に可愛ぶって返事をするとレーナに意味ありげな視線を寄越した。

「これであんたを怒鳴るのも最後ね」

マリに言われ、レーナはますます顔を歪めた。

「……どういう意味よ」

「さっきオーナーのイーサン様が来てたもの。店長となんか喋ってたわ。かなりしかめ面してた」

「だからなにさ？」

レーナはイーサンが来ているのなら今夜は部屋に来るかも？　と、ふと考えた。

いつもイーサンは部屋に来てもほんの少々愛人らしい時間を過ごして帰るだけだ。もっとお強請りしたり甘えたりする時間があっても良いと思う。一応、愛人なのだから。

今まではイーサンなど好きでもなんでもなかったので早く帰ってくれて良かったが、リグラスとのことがもう絶望的なら頼れる愛人との関係改善に努めるべきだとレーナは遅まきながら気付いた。

「まぁ、今にわかるわ」

マリは嫌な言い方をするが、レーナはマリの嫌味などいつものことなので気にしなかった。


ようやく店の閉店となった。片付けと掃除を給仕たち総出で終わらせる。

店を出ようとして店長に喚ばれた。

(そうだった、話があるんだっけ)

「店長、私、ちょっと用事あるんで手短に済ませてくださいよ」

レーナの頭の中はすでにイーサンとのあれこれで埋まっていた。

「すぐ済む。お前は明日からもう来なくていい」

「は?」

レーナは「明日お休みだっけ?」と呑気に考えた。

「クビだ」

「えぇ? なんで?」

(クビって、あのクビ? どのクビ? この店長、頭おかしくない?)

「お前……今日もグラスを四つも割っただろう。きさまを雇うと儲けよりも損害のほうが多いんだ。掃除もタラタラしやがって他の奴らの半分も働いてねぇ」

「で、でも、私はイーサンの……」

「そのイーサンさんから言われたんだよ。お前のことはきっちり報告していたからな。もう見込みがないから終わりにすると、ようやくイーサンさんも決めたってわけだ」

「そ、そんな……嘘でしょ」

レーナは未だ信じられず、「何かおかしい」としか思えなかった。

「嘘なわけないだろう。お前が罪人の腕輪なんかしてるから、他で働けないだろうと雇ってくれてたんだ。それを恩を仇で返すような働きしかしないんだからな。お前はもう修道院に行け」

「しゅ、修道院？　や、やだ、そんなの！」

レーナは必死に首を振った。

「じゃあ、他にどうするんだ？　孤児院には入れないぞ。お前はもう成人してるんだから。国教の施設に行けばひと晩くらいは泊めてくれるかもしれないが、修道院を勧められるだけだ。馬車代のあるうちに修道院に行けばとりあえず死なずに済むんだぞ」

「し、死ぬ？　死ぬって。私が？」

「どこかで物乞いをして施しを受けて生きるのか？　運良く食い物を買う金を得られたとしても雨露をしのげる場所がなければ野垂れ死ぬしかないだろう。俺が思うに、きさまは娼館で働くのも無理だ。裸になったら罪人の腕輪がはまってるのに気づかれる。客はドン引きだ。いくら顔が少しばかり良くてもな」

レーナはなにも言い返せなかった。なにしろ、自覚がある。この一年で思い知っている。痩せ細って野垂れ死ぬ自分の姿が目に浮かんだ。

「わ、わかったわよ！　出ていくわ」

「ほらよ、今日までの給金だ。退職金はなしだからな。グラス代を引いたら本当は給金だってやりたくないくらいなんだからな。感謝しろよ」

「ケチっ！」

　レーナは言い捨てて店長室を飛び出した。

「そういう奴だから捨てられるんだ。まぁ、最初からイーサンさんは、レーナなんぞ愛人にしたくない様子だったがな」

　店長がぽつりと呟いたことなどレーナには聞こえなかった。


　部屋に戻って給金の入った袋を開けるとメモ紙が入っていて、修道院までの道筋が書いてあった。乗合馬車乗り場でどの馬車に乗ればいいかが記してある。

（クビかぁ……。修道院かぁ）

　オーナーのイーサンが自分の愛人だからとあぐらをかいていたツケだ。

（もう、修道院しかないのかな。失敗したな。ずっと、失敗ばっか。実家を出たところから何もかも間違いだった。リグラスに執着したのもいけなかった。リグラスは私にとって疫病神だったんだ）

　とりあえず野垂れ死ぬのは嫌なので修道院に行くことにした。そこで世話になっているうちに何か方法を考えよう。


　明くる日。

　身支度をして少ない荷物をまとめると部屋を出た。

挨拶をするべきなのかもしれないが、自分を追い出した店の連中に会いたくなかった。これ以上、追い打ちをかけるようなことを言われたら、さすがのレーナも心が折れる気がした。

メモにあった乗合馬車乗り場に行き、一日に一往復しかない修道院行きの馬車に乗る。遠いからか運賃はけっこう高かった。修道院に着いてからやっぱり嫌だと思っても気軽に行き来はできない。

（げ……。つまり、行ったら終わりじゃん。交通費ないと逃げられないよね）

ひしひしと、「もう終わり」という絶望感が押し寄せてくる。

（いや、きっと、あちらでも働いたりできるだろうから、交通費貯めるくらいできるよ、きっと。たぶん）

自分を宥めながら馬車の座席に縮こまるようにして座っていた。

乗客が全員乗ったらしく馬車は走り出した。どういう人間が乗っているんだろうと周りを見回すと心なしか女性が多い。無言で乗っている者がほとんどだが、小声で話している会話も聞こえてくる。やることもないので馬車の音に紛れ込みがちな話し声をぼんやりと聞いていた。

「エルバニオ修道院は厳しいから気をつけな」という声にレーナは耳がぴくりと動いた気がした。本当には動きはしないが、気分的には耳が一回り大きくなったみたいだ。エルバニオ修道院とはレーナがこれから世話になるところだった。

「二十年は出てこられないからな」

男の声でそんな台詞が聞こえる。

目をこらしても、薄暗い馬車の中でははっきりとは見えない。ゴトゴトギシギシという車輪や馬車の軋む音に掠れがちな会話に耳を澄ませた。

「そうなの？」

か細い声が問い返した。

「気軽な宿代わりにされるのを防ぐためだ。最初に契約される」

「わかったわ。二十年、神様に仕えるわ」

「ああ。それがいい」

男が言い聞かせるようにそう答えた。

レーナの頭の中は真っ白だった。

（……二十年……二十年。人生が神様色になるってこと？　二十年。やっぱ嫌だ。嫌だ。じゃあ、野垂れ死ぬ？）

レーナにはそんな度胸もなかった。

ガタゴトと揺られながら頭の中には屠殺場へ向かう仔牛の歌がずっと流れている。

（こんなゆっくりできるのはこの馬車の間だけね）

レーナは乗客の会話から幾らか情報を得た。

修道院では朝は日の出から夜は日の入りまで働くらしい。薪割りがキツいとか。床磨きが大変とか。水くみが重労働とか。寒くて手足の先が凍傷になるとか。

（全部重労働じゃん。ゆるい地獄ってやつ？　あたし、そんな酷いことしたか？　……したなぁ。ユリアを嵌めようとした。あれがマズかったかも。なにしろ、公爵令嬢で王太子の婚約者で、ついでに

今は王妃）

マズいに決まっているとレーナでもわかる。

もうあの頃のことはぼんやりしか覚えていない。おかげでなんで自分が関わってしまったのか細かいことなどすでにわからない。要するに大して考えもなく気楽にやってしまった。マズいなんて深く想うこともせずに。

あの頃に戻れたら自分を往復ビンタしてでも止める。

（そうなんだよね。私って、いつもちゃんと考えないで生きてた。こんな目にあっても自業自得ってやつ？　まぁ、頭悪いのはしょーがないし。でも、人を填めるのは駄目だったな。どうせバレて余計に酷いことになるんだから。今更、善人になろうったって無理でも、これ以上、地獄はヤだな。当たり前だけど）

馬車はときおり停まる。馬を休ませるためだ。

夜は村に停まった。小屋みたいなところで雑魚寝か、金のある乗客は宿に泊まる。レーナは当然、雑魚寝派だ。本当は宿派に入りたいけど、そんな金はない。帰りの馬車代を考えなければあるかもしれないが、例え途中までだけでも馬車に乗りたいから雑魚寝だ。

食事代が別にかかるなんて考えてなかった。おかげで帰りの馬車代はどんどん目減りしている。

そんなこんなで七日も経った。あと丸一日くらいで着くらしい。

（はぁあぁぁ、帰りの馬車代、もう半分もないよ。くっそぉ。乗客の会話によると修道院ではほぼ無給だっていうし。帰りは歩きか？　歩けるか？　無理だよね。一生、修道院？　一生？　一生……。

死ぬか？）

それもアリか……と、一瞬、頭に浮かぶ。

でも、あたし、自殺だけはしない主義なんだよね、とレーナはすぐにその思いを打ち消す。

歩いていてうっかり崖から落ちるのはいい。だけど、自分から落ちたら駄目だ。

生きているんだから、生きなくちゃ。

ふらふらしていて、うっかりならいいんだ。ふらふらしようかな、いや、駄目だ。駄目だ。

そんな考えが浮かんだのが悪かった。

休憩のとき、御者の話なんてろくに聞いていなかった。いつもの休憩だろうと高をくっていた。

気がついたら馬車に置いていかれていた。

村の人に聞いたら「山越えするから慌てて出たぜ」と軽く言われた。

（あぁ、だから、御者のおっさん、いつもよりしつこく遅れるなって言ってたのか。なんで私、肝心なところで抜けてるんだよぉ）

村人は無情にもレーナに告げた。

「ここに宿はないし。あの馬車に乗ってる連中は訳ありばかりだから、村で泊めてやる奴なんかいないぞ。森で野宿しな。木の上に登って夜明かしすれば獣にやられることもないだろ」


その夜。

（くそぉ、腹減った）

村の食堂ではろくな食事ができなかった。これ以上、銅貨を減らしたくなかったのでもう食事はやめだ。

夕方から空きっ腹を抱えて森をさまよい、木によじ登ろうと何度もチャレンジしては文字どおり脱落し、偶然見つけた木の洞に入り込んで眠った。


明くる朝。

レーナは洞に差し込むひと筋の陽光に気づいて目覚めた。

(んぁ……朝?)

けっこう温く眠れたな、と寝起きの目をこすると目の前に焦げ茶色のデカい生き物がいた。

「んな?」

(……け、獣?)

獣はぴくりとも動かない。死んで……はいない。生き物の後ろ足がレーナにくっついているが温かい。よく見るとその毛もじゃな生き物は規則正しく呼吸している。腹が膨れたりへこんだりしている。

じわじわと恐怖で背筋が震えてくるが、ひと晩、一緒にいたのだとしたらそれほど危険な生き物ではない気もする。

恐怖と理性が拮抗したままレーナは固まっていた。

(ど、どうすべき? 迂闊に動いたらヤバいかも……)

焦りながら、にわかに感じ始めたのは下腹部の圧迫感。

（と、トイレ、行きたいんですけど）

夕べは屈辱的なことに森の中で用を足した。なかなかの開放感だった。

我ながら貴族令嬢向きな人間ではないことを実感した。やってみれば大して恥ずかしくも抵抗も感じなかったからだ。

そんなトイレ事情を考えていると、いきなり生き物の目がかっと開いた。

（う、うわ、起きちまった）

生き物は、眉間に皺を寄せると速やかにレーナから離れた。距離として一歩くらい離れ、生き物に触れていた箇所が急に寒くなる。

（あ、こいつ、温かったんだな）

とレーナは今更ながら想った。

「あ、あのさ、おはよ」

レーナはなにをテンパったのか、生き物に朝の挨拶をした。

すると、そいつは、まるで言葉がわかったかのように軽く頭を下げた。

「え？　え？　あんた、言葉わかるの？」

レーナの問いかけに再度生き物は頷いた。

先ほどより陽の光が差し込むようになり、生き物の様子はずっとわかりやすくなっていた。

そいつは、丸顔でむっちりとした身体をしていて、タヌキっぽかった。

「あんた、タヌキだよね」

獣は首を横に振った。

「タヌキじゃないの？　でも見た目デカいタヌキなんだよね。じゃぁなに？　獣人ってやつ？」

と言っても、やはり頷かない。

「言葉喋れないのかぁ。でも私の言ってることわかるんだよね。で、獣人ではない、と。もしかして、この洞、あんたの寝床だった？」

タヌキが頷く。

「ここあんたの家だったのかぁ。助かったし。うーんと。名前は？」

タヌキは眉間にしわを寄せて腕を組んだ。

仕草が人間っぽい。

「あぁ、喋れないもんな。困ったな。じゃ、一応、タヌキって呼ぶから」

タヌキが首を激しく横に振る。

「へへ。会話が成り立ってる。でもタヌキって名前は気に入らない、と。どうすっかな。そもそも、名前あるの？」

試しに聞いてみると、タヌキはしっかり頷いた。

「あるんだ……。んで？　名前の頭文字くらい、教えてもらえないかな」

タヌキは首を傾げる。

「喋れないって不便だな。んーと。じゃぁ、名前の一文字目は、『あ』？」

タヌキは大きく首を横にふる。

『あ』じゃないのか。そしたら、えっと……」

レーナは一音ずつ名前を探っていき、ようやくタヌキの名前が「キリ」であることがわかった。

「キリ？」

レーナが呼ぶとタヌキが頷く。

「マジかぁ。賢すぎる……」

レーナが呆然としていると、キリはすっくと立ち上がるときびきび動いて出て行った。

（まぐれじゃないよな。マジで名前だよな。名前が付いてるってことは誰か飼ってたってこと？）

レーナが考え込んでいるうちに、キリが両手で大きめの葉を捧げ持ち木の実を持って帰ってきた。

「おぉ、キリ。あんたデキる子じゃん。もしかして、朝ご飯、ご馳走してくれるとか？」

レーナが期待して声をかけると、キリはぷいとそっぽを向き、洞の端に食べ物が乗った葉をおいた。

「ちょ、ちょ、ここはご馳走してくれる流れじゃん。もぉ、キリちゃんよぉ、頼むよ」

レーナは哀れっぽく強請るがキリはまるで無視だ。

「あ、私、銅貨もってる。一宿一飯の礼はするってば。なんかあげるからさ。飯代として。タオルとかもあるし。ちゃんと自分で働いて買ったやつ。当たり前だけど。あとは……」

レーナは鞄を探り始め、中身をすっかりぶちまけた。

荷物はそう多くはなかった。レーナは王宮にいるときにいきなり拘束され事情聴取を受けた。すぐにヤバいとわかり、逃亡を図ったり……要するに迂闊なことをさんざんやって、あげく罪人の腕輪を填められた。

牢から放り出された時には、捕まったときに持っていた僅かの金とハンカチくらいしかなかった。実家を頼ろうとしても駄目だし、引き取ってもらった男爵家では「どこかの爺に売ってやる」と目を血走らせ怒りの形相の男爵にビビって逃げ、王都に戻ると着ていたドレスを売り質素な服に着替えて酒場の裏で水をもらおうとしてイーサンと出会った。

そんなこんなで、今の持ち物は酒場で働いているうちに少しずつ買った最低限の着替えと銅貨、いくらかの雑貨しかない。ストーブに火をつけるための火打ち石はけっこう便利品だと思う。それに、使い欠けの石けん、鉛筆を削るナイフ、木製のカップ……。

レーナがタヌキが喜びそうなものを選ぼうとしていると、キリの手がにゅーっと出てきて鉛筆を摑んだ。

この世界の……あるいはこの国の鉛筆は、鉛筆の芯に樹皮みたいなものを固く巻き付けて作ってある。リグラスのファンレターを書くために買ったものだ。レターセットは使ってしまってもうない。かなり高価だった。返事がもらえないのなら買わなきゃ良かった。なにもかも後悔ばかりだ。

そんな苦い思い出の鉛筆をキリが手にしてしげしげと見つめている。

「そんなの欲しいならあげるよ、ほら。もう使わないし」

レーナは鉛筆の束を差し出した。

五本セットで買ったものだ。さほど使ってないので五本とも長いまま残っている。四本は削ってもいない。

キリは使いかけの一本だけを握って木の実をレーナのほうに押しやってきた。

「お、くれるの？　えへへ。もう腹ぺこだったんだよな」

馬車に置いていかれたあと村の食堂で食事をしたが、かなり酷かった。よそ者だから、わざと野菜の屑や肉の脂身を使った食事をよこしたとしか思えない。隣のテーブルの村人はもっとうまそうで量も多い食事をしていたのだから。あの村の連中は嫌いだ。貴重な銅貨を払ったのにあまり食べられず、夕べから空きっ腹だった。

そんなことを思い返しながら木の実をぽりぽりと食べる。

「おいしいじゃん、この木の実。クルミを少しサクサクにした感じ？　うま！」

木の実は二種類あったがどちらも美味だった。野ブドウみたいな小粒の実は少々酸っぱかったが甘みは意外にあって、これもけっこうおいしかった。喉が渇いていたので余計においしく感じたのかもしれない。


それからレーナはキリに付いて歩いた。トイレの場所も教わった。単にそこいらで良い、というだけだったが。

会話ができるのが嬉しい。キリは頷いたり首を振ったりするしかできないが会話になっていた。

(そういや、まともな会話ってしてなかった気がする。リグラスとはあれは会話っていうか、謀略してただけだし。そのずっと前から……)

実家を出たときからだろうか。いや、実家でも怒られてばっかりだったし、とレーナは思い返す。

前世の記憶を思い出してからおかしくなった。

（前世の記憶のせいにしてもしょーがないんだけどさ。でも、普通の人生じゃなくなったのは、あれのせいだしなぁ）

キリとの暮らしは案外、楽しそうだったのでレーナは馬車に乗るのは保留にしておいた。

気候がちょうど良かったからだろう。もっと寒かったり暑かったり、虫や獣が多ければ馬車に逃げ込んだかもしれないが、そこそこ快適だった。

「あのさぁ、キリ。食事に動物性タンパク質が圧倒的に足りないような気がするんだよね。ウサギか魚でも捕まえない？」

レーナの提案を、キリは見事に無視した。

「ちょっとぉ、肉類が食いたくない？」

キリが無視をするので、レーナはひとりで挑戦することにした。川が森の中を流れていて細身ですばしっこい魚がいたのでこいつを捕まえようと決めた。いつもキリに木の実をもらっているので、ちょっとくらい自分でご馳走してやるつもりだった。

レーナは前世でも紛《まご》う方なき庶民だったたし、小学校のころは近くのあまり綺麗じゃない川でザリガニをとって遊んだ記憶がある。

（ザリガニって、ミミズみたいなやつで釣れたんだよな。桜の木の毛虫を餌にしようとしてかぶれたこともあったっけ）

レーナは川辺の土を棒で掘り返してミミズを探し出した。釣り針は小枝を使って作った。それで、自分の髪を使ってミミズを縛りくくりつけてみた。

一四、強く縛りすぎて髪の毛でミミズを切断してしまったが、あとはうまくできた。
川に釣り糸ならぬ釣り髪を垂らして一〇分くらいで魚が釣れた。

「おぉ、こんなんで釣れたよ、どんだけ警戒心ないんだよ、ここの魚」

レーナは三匹ほどの魚を釣ってキリに見せてやった。

「見ろよ、この立派な収穫。食わせてやるかんね、感謝しなよ、タヌキ」

キリが微妙な顔をしているが、レーナは自慢しながら小枝をかき集め、荷物から火打ち石を取り出した。王都の雑貨屋で買った火打ち石だ。飲み屋で働いていたころは、ストーブはこれのおかげで難なく火をつけられたのだ。

細かい小枝や木の皮を集めた中で火打ち石をカンカン打ち付けて火をおこす。魚はナイフで腹を割いた。

「内臓を取り出すんだよ、知ってるか、タヌキ。あたし、飲み屋で働いていたからね、魚料理するところは見てるんだ、前世の記憶でもちょっと知ってるし。ほら、こうやってさ細い枝に魚をぶっさして。あぁ、そうだ、塩がないじゃん。塩……まぁ、しょうがない。塩なしの焼き魚かぁ。塩はそのうちなんとかしよう」

とりあえず、焼き魚のいい匂いがしてきた。

串をときどき回転させながら、こんがりとよく焼いた。

「ほら、タヌ公、キリちゃん。食べなよ。もしかして、猫舌？」

レーナは大きめの葉っぱを皿にしてキリに焼き魚をやった。

レーナも食べた。

「うっま。うまい、うっま。塩ないのが惜しいけど。魚の味はいいよね。うまいぃ」

レーナが自画自賛しながら完食するころには、キリも魚を平らげていた。

残りの魚は半分にしてキリと分けた。


半月が過ぎた。

ひとりと一匹の生活は悪くなかった。

レーナはこんな生活をずっと続けられるわけがないとは思いながらも、もう死ぬまでここでいいか、とも思い始めていた。

相変わらず夜は洞の中でくっついて眠った。

今は晩夏のころだ。だから日中は寒くはないが、夜はキリの毛皮がありがたい。もっと冬になったら、もっとありがたくなるだろう。

そんなある日、キリがレーナのナイフを使って木の皮のようなものを剝いで採ってきた。

「なんだよ、キリ。その木の皮」

レーナが白っぽい木の皮を訝しげに見た。

レーナは、葦のような草を束ねた手作りのホウキで洞の住まいを掃除しているところだった。

キリは洞の中をそこそこ綺麗に使っているが、掃除はしていなかった。タヌキだから仕方ない。だから、レーナが代わりにやってやろうと思った。

飲み屋ではあんなにちんたら働いていたのにここではけっこうマメだ。もっと早くマメな女になれば良かったと今更思う。思っても仕方ないが。きっとあの飲み屋はレーナと相性が悪かったんだ。

(正体不明の女って目で見られてたしな。実際、そうだけど。他の店員たちは、みな仲間って感じで気さくに話してたけど、私はちょっと浮いてたっつうか。無理もないか。もう少し真面目に働いてたら、仲間に入れてもらえてたのかな。いや、今更だな。ホント、今更)

レーナはホウキの手を休めてキリが持ってきた木の皮を手に取った。

「でさ、なんなんだよ、これ。もしかして、トイレんとき、お尻拭くやつ？　あたしはいいよ、もう拭く葉っぱは決めてるからさ」

レーナがそういうと、キリがぶんぶんと首を振る。

キリはレーナの手から木の皮をむしり取り地面に置いた。次いで、洞の隅に置いてあった鉛筆を手に取った。

なにをするんだ？　とレーナが眺めていると、キリは木の皮に鉛筆を走らせている。

「え？」

見ると、文字を書いていた。

「うっそぉ、字、書けてる」

レーナは木の皮に書かれた文字を読み取った。癖がありすぎて読みにくいが『ふゆのじゅんび』と読めた。

レーナはあまりのことに頭を真っ白にしてキリの文字を見る。

（こいつ、ただのデカいタヌキじゃない……）

神獣か。聖獣か。

（捕まえて売ったら、高く売れるかも）

金を作って森を抜けて国境越えて隣国に行けたら、この腕輪が罪人の腕輪だということを知ってる人はいなくなる。

そうしたら……。

レーナはまだ若いし、美人だ。好きになってくれる人がいるかもしれない。

（人生をやり直せる）

たくさん選択ミスをしてきた。

馬鹿だった。怠け者だった。奢っていた。でも、もう間違わない。

……と考えて、思わず首を振った。

（駄目じゃん、私、ホント学習しないな。もしも聖獣を捕まえて売ったりしたら、今度は神様にも見捨てられるじゃん。親にも養父にも王子にも、誰も彼にも疎まれて、今度は神様からも疎まれたらヤバいっしょ）

それに、キリは恩人ならぬ恩タヌキだ。いくら何でも仲間を売るなんて、そこまで自分は落ちぶれたのか。

レーナは再度、首をふんっと振った。もう間違わないって決めたそばから間違うところだった。キリが不審そうな顔で見ているじゃないか。

このタヌキは、毛むくじゃらのくせに表情が読みやすいのだ。レーナはごまかすように木の皮に視線を落とす。

特徴的な文字はキリの手が獣の手で書きにくいからか、それとも、タヌキ固有の癖かと暗号を解読するような気分で眺めた。

「きのみをためる……冬の準備に木の実を溜めるって？」

レーナが読み取るとキリは何度も頷いた。

「そ、そうか、貯めとかないと冬を越せないのか……。じゃぁ、真冬の間は溜めた木の実だけしか食べられないってこと？」

キリは再度、頷く。

「川が凍ったりするの？　魚釣り、できないかな」

キリは首を傾げた。おそらく、レーナの言葉の意味がわからないのではなくて、魚釣りをしていなかったキリは冬の川魚がどうなるかを知らないのかもしれない。

「冬になってみないと川がどうなるかわからないよね。凍っちゃうかもしれないし。木の実、たくさん集めとこうか？」

レーナがいうと、キリは大きく頷いた。

早速、冬ごもりの準備を始めた。

レーナはキリの指示で洞の中に布団代わりの藁を集める。葦みたいな草があるのだが、それを刈って乾かす。

「それから、と。えっと、木の実につく虫除けのための葉っぱを集める……」

木の皮のメモを見ていて、ふと気づいた。

「なんか、この文字の感じ、どっかで見たような？　どこでだっけ？」

レーナは記憶を探る。キリの文字に見覚えがあるのはなぜか。

(ものすっごく、癖があるんだよな。読みにくい。下手っていうほど下手でもないんだけど。癖がありすぎ)

色々と癖字はあるものだ。右上がりの字とか丸っこすぎる字とか、キリの字はそんな風に妙な癖がある。角張っているし、変なところで字の終いが流れる。

木の皮を手に首を傾げながら葉を探していると、少し先から獣の鳴き声が聞こえた。キリの声に似ている。いつものちょっと可愛いクィクィという声とはだいぶ違うが。

(あれ、キリの声？　悲鳴……？)

レーナは集めかけていた葉を投げ出して走った。

必死に走っていくと、ふたりの男がキリの腕を摑んでいた。キリは必死に抵抗し、もうひとりの男に蹴りつけられている。

レーナは頭に血が上るのを感じた。

つんのめるように走りジャンプするとキリを蹴っている男に跳び蹴りを食らわした。

「うぉっ、なんだこの女！」

レーナは罪人の腕輪を見せた。

今まで、さんざん苦しめられてきた腕輪だが、同時に男よけになっていた腕輪だ。

「あんたらっ、この腕輪が目に入らないのか！　あたしのタヌキになにすんだよっ」

「げ、こいつ、凶悪犯……」

（なにが凶悪犯だっ！）

腹が立ったが、この際なんでもいい。

「キリを放せ！」

もうひとりの男にも跳び蹴りを食らわした。腕輪を見て少しばかり呆然としていたのでちょうど良かった。あっさりレーナの跳び蹴りの餌食となった。

「お、おい、ヤバい」

「行こうぜ」

男たちは怖じ気づいて後ずさり、川を渡る丸太のほうへと逃げていった。

「大丈夫か、キリ……」

レーナはキリを助け起こした。

キリは蹴られた背が痛いのか呻いている。

「とりあえず、帰ろう」

レーナはキリを抱き上げてやった。デカいが所詮はタヌキだ。レーナでもなんとか抱えられた。

洞に帰って落ち着いてから、レーナはキリからこの森のことを教えてもらった。筆談なので時間がかかったがおおよそのことがわかった。

この森はドマシュ王国との国境の森だった。魔の森といわれている。別名、「迷いの森」ともいう。闇属性をもつ植物が多く生息している。地脈の関係で瘴気が濃いから、と学者たちは言っているらしい。獣のキリは迷わないが、人間は闇に惑わされて迷う。なので人は入らない。

「あんの村人のやろう、そんな森で野宿しろってあたしに勧めたのかよっ」

腹が立ったが、とうに済んだ話だ。なにも知らない自分も悪かった。国境にある緩衝地帯はそういう問題ありの森や大河が多い。

だから、キリは油断していた。大タヌキのキリを川向こうから見つけた村人が、こっそり丸太橋を渡ってキリに近づいた。捕まえて毛皮でも剥ごうとしたのだろう。

「でも、あたし、この森で迷わないけどな」

レーナは首を傾げた。村に行こうと思えばいける。川から洞に行くのも迷わない。

『へんなにんげんだとおもった』

キリが木の皮に記した。

「変な人間って……言い方気をつけなよ……。でも、そう言えば、あたし、聖魔法属性もちなんだよな。だからかも。闇魔法に強いから暗示とかにかからないって聞いたよ。まぁ、この腕輪してるし、魔法は使えないいんだけどさ。そもそも魔力も低いから。貴族の平均よりちょい下くらい。修業サボったせいでさ」

レーナは自嘲的に笑う。

キリは人間っぽく肩をすくめた。

『りようしようとするにんげんにねらわれなくてよかっただろ』

そんな風にあっさりと良かったと書かれて、レーナは肩が軽くなったような気がした。


キリとの冬ごもりは案外楽しかった。葦っぽい草の寝床は少しちくちくしたが細くて柔らかい葉を選んだので思ったよりも寝心地は良かった。嵐の日は暗い寝床でレーナはお喋りをし、キリはときどき頷く。毛むくじゃらの頭が動くので頷くのがわかる。前世の話から現世でアホをやった話まで、なんでも暴露してやった。

木の実が足りるか心配だったが、川は凍らず魚釣りはできたので食料は問題なかった。

レーナはキリに川には近づくなとしつこく言っておいたが、キリも懲りたらしくおとなしく言いつけを守った。川を越えてしばらく歩くと村だ。あの村にはろくな人間はいない。幸いなことにここは魔の森、迷いの森なので、ごうつくばりな村人もこの森の幸を狙ってくることはない。人間は必ず迷うこの森は川向こうから見える範囲しか来られない、とキリが言うとおり本当に滅多なことでは村人は来なかった。

冬が過ぎ、春が来て、キリが『しおをとりにいこう』と言い出した。

レーナのためだろう。タヌキのキリは塩など要らない。でも、レーナは塩をとったほうがいい。

キリに世話をかけて悪いな、とは思ったが、どうせここで自由に生きているのだから少し旅をするのも良い。それにキリは、

『れーながいるからさかなをくいながらいける』

と楽しそうな感じもしたので旅支度をした。

木の実を蔦で編んだ籠に入れれば完了だ。水もレーナが持っていた瓶に汲んでおいたが、なるべく川沿いに行く予定だ。

危険な獣はこの森にはあまりいないとキリは言う。闇が濃いかららしい。闇なら魔獣は好みそうな気もするが、ここの植物が原因だった。闇魔法の植物たちは魔獣の生命力を吸い取るんだ、とキリは怖いことを言う。キリは大丈夫らしいが、聖獣だからだろうか。

途中に遠く赤茶色の屋根の建物があったが、『あれがしゅうどういんだとおもう』とキリが書いて教えた。どうやら歩いていけるらしい。でも、もう行く気はなくなっていた。

塩湖までは三日もかかった。

「おぉ、けっこう絶景じゃん」

そこには白っぽい大小さまざまな湖が広がっていた。

レーナはすっかり旅気分で浮かれた。

塩湖は塩っぱい池だった。干からびている箇所がいくつもあり、そこで塩が採れた。レーナは葦を固く編んで作っておいた籠に目いっぱい塩を詰め込んだ。重くなったが頑張って背負った。

帰りは重い荷物でゆっくりになったが四日ほどで帰れた。

これで焼き魚に塩を振れると思えば重い荷なんでどうってことない。

塩湖のそばで暮らすという手もあったが、キリが『このへんよりほらのいえがいい』というので帰った。

（そう言えば、あの塩湖の向こうはドマシュ王国なんだろうな）

ドマシュ王国はマリアデア王国と国境を接している。ならず者国家として有名な隣国だ。

ドマシュ王国、という名にレーナはふいに思い出した。

（思い出した！　キリの癖のある文字！　ドマシュ王国の文字に似てるんだ）

ドマシュ王国とマリアデア王国はお隣だけあって似た単語がけっこうある。けれど、文字の特徴はだいぶ違う。ドマシュ王国の角張った文字は、キリの書く文字そのままだった。

（どういうことだろ？　キリって、ドマシュ王国の聖獣？）

レーナは今度聞いてみようと思ったが、旅とか塩とか、他に考えることがたくさんあるうちに忘れていた。


「焼き魚に塩、うましっ！」

我が家に帰るとレーナは魚を倍も釣るようになった。

塩ふった魚の旨さに涙が出る。

「もう、キリちゃんに一生ついて行くから」

レーナが毎食感激していると、

『ついてこなくていい』

キリが木の皮に鉛筆でつれなく答えた。

レーナがしつこくしたからか、最近、キリは本当につれない。

なぜか洞の中でころんと寝転がっていることが増えた。

(なんだろ？　風邪でもひいたのかな)

レーナがさすがに心配してキリを観察していると、ふと気づいた。

「キリ。あんた、なんか腹出てない？」

キリが慌ててお腹を隠そうとするのをレーナは腕を摑んで止めた。

キリの下腹部はぽっこりと丸く膨らんでいた。

「キリ！　もしかして、妊娠？　赤ん坊？　いつの間に？　旦那は？」

レーナは大興奮してキリに尋ねた。

キリは必死に首を振る。

「ヤリ捨てられたの？　どこのどいつっ？　タヌキ仲間かよっ」

キリは脱力したようにレーナの腕の中でくったりした。

「っていうか、キリ、女だったのかよ！」

レーナの声が森にこだまする。

キリはひたすら首を振っていた。

以来、レーナはキリの介護をしていた。

「ったく！　早く言えよ！　具合が良くなるまで働かないでいいからね。えっと、安定期ってのに入るまで。どこのヤリチンタヌキにやられたんだよ。あたしが父親になってやるから心配すんなよ」

レーナは、キリと子どもの面倒をみてやるつもりでいた。キリは小生意気だが、きっと子狸は可愛いだろう。

レーナがキリの世話を始めてからひと月ほどが過ぎ、もうすぐ初夏というころ。

レーナが木の実採りから帰るとキリの姿がなかった。

「あいつめっ！」

レーナは木の実の入った籠を投げ出すとキリを探しに走り出た。

安定期に入るはずなのに、キリの具合は悪くなる一方だった。

聖獣の妊娠出産など、レーナには見当も付かない。ゆっくりさせてやるくらいしか思いつかなかった。

（あ、いた！）

「キリ、駄目じゃん。具合悪いんだから！」

木の根元の草むらに隠れるようにしていたキリをレーナは見つけた。

連れて帰ろうとすると力なく抵抗しようとする。

「キリ、どうしたんだよ。食欲もないんだろ？　今日は果物多めに採ってきてやったよ」

レーナは抗うキリにかまわず抱き上げて帰った。

洞に帰ると、くったりするキリの背を撫でてやり、落ち着くと果物を見せた。

「好きだろ、これ。甘酸っぱいから妊婦にいいはずだぞ」

キリは上半身を少し起こすと、木の皮と鉛筆を取ろうとする。

レーナはすぐにキリの手元に置いてやった。

「無理するなよ」

レーナはキリを支えた。キリが握りやすいように紐で鉛筆を括ってやる。

『おれにんぷじゃない』

キリが書いた。

「俺？　妊婦じゃない？」

レーナはキリが書く文字を読み続けた。

衝撃の真実に言葉が出ない。

キリはドマシュ王国で下っ端の文官だった。うっかり王族の遠縁にあたる男の機嫌を損ね、罪人として捕まり研究所の生体実験に使われた。

ドマシュ王国の研究所でやられていることは、魂を弄ることだった。

前世の記憶があるレーナは魂の存在を信じている。

キリは、レーナにわかりやすく研究所の連中が古文書をもとにひねり出した理論を説明した。弱った身体で、鉛筆を手にくくりつけて。

人が、人の意識や心を得るには、精巧に作られた「考える器官」が要る。それが脳だ。

脳だけでも足りない、魂も要る。

魂は「ある種の精妙な力だ」とその呪術の教えでは考えられていた。

物体ではなく力なので、形はなく、だから消えない。前世の記憶を宿すこともできる、というわけだ。

それで、実験を始めた。

研究所が用意したのは、人間に勝るとも劣らない知性をもつ半魔獣だった。先祖に精霊の血も混じっている。見た目は大きいタヌキだ。

記憶を操作する呪術を使い、半魔獣にキリの記憶を移す。移したのはこれからの作業で記憶を失うことがあり、そうすると人格が変わる場合があると古文書に書いてあったからだ。

その上で、半魔獣に「憎悪」や「恐怖」を呪術の暗示を駆使して与え続け、心を殺した。これで、空っぽの「器」が出来上がった。

「因縁」という、魂にさえも働きかける呪術を使い、半魔獣とキリを繋げた。

実験は成功したという。キリの魂は、半魔獣に宿ってしまった。

魔獣と人間と双方の特徴をもったキリの身体に、腫瘍が植え付けられた。わざと病気にしたのは「単なる興味本位だった」らしい。

キリはこれ以上、苦しみたくなかった。逃げる隙を窺っていたところ、機会が訪れる。

連中は「やばいことをたっぷりやっていた」ために、それが積もり積もったのか事故が起きた。どろどろとした濃い瘴気が溜まって汚泥のように研究所を襲った。職員たちは残らず汚泥に絡み取られていき、パニック状態だった研究所からキリは運良く逃げ出した。

腹が出てきたのは腫瘍が大きくなったからだ。

「ひどい……悪魔じゃん。そんなの、研究じゃない。悪魔だよ」

レーナは言葉が見つからなかった。

気がついたら涙がこぼれ落ちていた。

『こどもはうまない』

キリが気まずそうに書く。

「ごめん、誤解した。わかったよ、具合悪いんだろ。なんとかする」

『なんとかって』

「王都に行こう。そんで、国教の施設で治癒士に……」

『いらないいもうしにたい』

キリは平気な顔でそう書いた。

毛むくじゃらだからわかりにくいが、平気な顔だと思った。

キリは実際、もう生きるのをやめにしたかった。

「キリ、だって……まだ生きられるかも」

『おれのにんげんのからだ　もうしんでる
けもののからだとくらし　あきた』

「キリ……」


夏の前までキリは生きていた。

レーナは熱心に介護をした。排泄の世話とかもちゃんとやった。キリの身体を濡らした布で拭いてやった。滑らかだった毛並みはどんどん悪くなった。

「あのさ、キリ。生まれ変わったら、あたしが母親になってやるからさ。あたしのところに生まれなよ。優しい母親になるから。世界一大事に育ててやるからな」

レーナは熱心に言うが、キリにとっては微妙だ。

キリは正直なところ、裕福な貴族の家に生まれたかった。今生では何も悪いことはしていないのに、少しミスっただけでさんざんな目に遭った。だから、きっと今度は幸せな良い家庭に生まれて穏やかな人生を送れるはずだ、と信じていた。

(レーナは楽しいやつだけど、頼りにならないしな。きっと、これから修道院に行くだろうし)

そう思いはしたが、最後に楽しく暮らした仲間なのでなにも言わずにおいた。それに、もう鉛筆を持つのがしんどい。

「あたしのところに生まれ変わってくるんだぞ。わかったな」

レーナがぼろぼろ泣いている。

(こいつ、悪いやつではなかったよな)

とキリは思った。最後にそっとレーナの手を撫でてやった。

レーナはキリがすっかり冷たくなると、木の根元に穴を掘って埋めた。

それから、修道院に歩いていった。


「レーナ。あんたねぇ。院長がいないところでもちゃんと働きなさいよ」

ネリーにまた文句を言われた。ネリーは一年先輩で、なかなか面倒見の良い女だ。レーナとは違って暴力亭主から逃れ自分からここに来たらしい。

レーナがエルバニオ修道院で暮らしはじめて七年が過ぎた。

馬車の中では修道院の怖い噂も聞いたが、ここでの暮らしはそこまでは酷くなかった。甘いところではないが、少なくとも凍傷で指を失うほど過酷ではない。

「あのさ、ネリー。これでも頑張って働いてるでしょ。院長が見てるときみたいにガンガン働いてたら、もたないんだって！」

レーナは金属磨きで燭台作りの仕上げをしながら声を荒げた。

ここでは、国教施設で使われる燭台などを作っていた。レーナは案外器用なので作業は苦ではない。

「だからぁ、院長が見ているときにやりすぎなのよ！　平均的に働いてりゃいいでしょうが！」

ネリーは組み立てが終わった燭台をレーナに回す。手が動いていればお喋りは禁止ではなかった。

「そういうけどね。早いところ真面目人間になったって、信じてもらおうと……」

「その根性が真面目人間になってないってことよ！　七年も経つのに変わんないわね」

「いや、変わったって、十分、変わってるっしょ。ちゃんとシャバに出て治癒士として働いて……」

「あー、はいはい。真面目な旦那を見つけて子どもを産む、と。しかも、タヌキの子ね」

ネリーがうんざりした顔で言ってやった。

「それよ」

レーナは満足げに頷いた。

「旦那になる人にはタヌキの話はするんじゃないわよ」

ネリーの口調は本気だった。

レーナはネリーには繰り返し言われているので気まずそうに頷いた。

「まぁ、それは理解したけどさ、なんつうか、人に話しておいたほうが、夢が叶うみたいな気がして……」

「もう十分に話してもらったから黙んなさい。いい？　旦那には言わないように、言わない癖をつけておきなさいよ。そうしないと、真面目な旦那なんて捕まえられないからね！」

「らじゃ」


その頃。

エルバニオ修道院、院長室では老院長が副院長に話しかけていた。

「タヌキの子を産むと言い張っている子はあと三年で出られそうね」

院長に話しかけられ、副院長は頷いた。

「ええ。とてもよく働いているわ。ラベル院長の前では張り切りすぎるのが困りものですけどね」

副院長が苦笑する。

「まぁ、推薦を書いてあげましょう。真贋の魔導具でも心根が綺麗だと出ていますからね」

「あと三年なんてあっという間でしょう。喜ぶでしょうね」

「まだ若い子ですからね。少なくともあの罪人の腕輪は取ってもらえるでしょう」

院長は苦い笑みを浮かべる。レーナの犯した罪は重い。そう簡単にすっかり無罪放免とはならない。

それでも今レーナがつけている厳しい腕輪はここで十年罪を償えば取ってもらえそうだ。院長の推薦があれば確実だ。

その後も監視用と魔力制御の腕輪はつけられるかもしれないが、もっと自由な暮らしができるだろう。

レーナは「聖魔法で治癒の仕事もしたい」と希望している。レーナの魔力は低いが、やる気があるのなら修行をして軽度の怪我の治癒はできるようになるはずだ。

院長はレーナなら厳しい修行も頑張るのではないかと考えている。治癒士は貴重だ。治癒士として働くと言うのなら、魔力制御はせずに働かせてもらえる。監視はあるだろうが、レーナの働きぶりが良ければ罪を許される日は近いのではと思う。

レーナは三年後、エルバニオ修道院から出た。院長の推薦状のおかげで、犯罪者の腕輪は外してもらえたという。

不埒な恋の行方は……

「リグ、あなた、たまには慰問しなさいよ」

ロザリに言われてリグラスは気まずく顔を逸らした。ロザリはリグラスの片思いの相手だ。完璧に振られた相手、とも言う。

何度か千秋楽のあとの打ち上げに参加してからリグラスは劇場仲間たちから「リグ」と生まれて初めて愛称で呼ばれるようになった。ロザリに「リグ」と呼ばれるのはくすぐったいが、言われた内容には答えにくかった。

ロザリがリグラスのために言ってくれたのがわかるだけに、なおさらだ。リグラスが一度も慰問をしていないことは悪目立ちし始めていた。

リグラスの働く劇団では、しばしば所属する俳優たちが孤児院や養護院、治癒院などの慰問をしている。

王立劇場は国が運営に関わる劇場だが営利団体でもある。民間と国営と両方の側面をもつ。そういう組織であるために、慰問のような社会活動は熱心だ。劇場お抱えの劇団は運営が一緒で方針も同じだ。

強制ではないが、俳優たちはできる範囲で慰問を請け負っている。懐の貧しい駆け出しの俳優には「足代」という名目で報酬がつく。多くはないが、運営側から慰問を後押しするための小遣いだ。

新米たちは少しでも小遣い稼ぎがしたくて行くが、ベテランもそれぞれの理由で参加している。「子どもが好きだから」とか「喜ばれるから」とか「悪役が多いからイメージアップのために」とか。

リグラスもやりたくないわけではなかったが、今まで慰問などしたことがなかった。

王子のころは一度もしなかったのだ。さんざん王室管理室から行くように言われたが面倒だから行かなかった。それに、孤児院など汚いところだという思い込みもあった。

今思えば王子として贅沢な暮らしをしていたのだから、義務を果たすべきだったと思う。それなのに、王子でなくなった今更、行きにくい。落ちぶれてから来るのかと思われないか。王子だった俳優が行って喜ばれるのか。余計なことを考えてしまう。

以前のリグラスは、余計なことどころか考えるべきことさえ考えない人間だった。

住まいに帰ってマネージャーのユルドに慰問の件を相談してみた。

「はぁ？　行くべきでしょ。なにウジウジしてるんですか」

ユルドは軽蔑の視線をリグラスに寄越す。

「ウジウジはしていない」

ウジウジしている自覚はあったが、とりあえず否定した。

リグラスのマネージャーは言葉が悪い。

リグラスは二年ほど前に王子でなくなりしばらくは王宮で暮らしていた。当時、国王となった兄が生活の基盤ができるまではいれば良いと許可してくれた。

それでも王宮の者たちの物珍しげな視線が鬱陶しかったので支配人の紹介で住まいを借りると早々に引っ越した。

王宮を出たときに家政婦を雇ったが、俳優の仕事は案外、忙しかった。時間が忙しいというより夢中になっていると生活やスケジュール管理が疎かになり、支配人がマネージャーに付いてもらったほうが良いと紹介してくれた。それがユルドだった。

ユルドは支配人の紹介だけあって俳優業をするうえでの補佐は完璧にやってくれるが、なかなか手厳しい。

「孤児院の慰問に行ったことがないなんて！　王子の仕事の定番なのに？」

「優秀な兄に任せてたんだよ……。慰問に行ったら何をすればいい？」

やむなくユルドに尋ねた。このマネージャーに軽蔑されるのはもう慣れた。慣れたくもなかったが、毎日あからさまに軽蔑の目で見られ、いかにもあきれたという口調であれこれ言われていれば慣れもする。

ユルドは口が堅いので自分が補佐する俳優の悪口は言わない。その辺は支配人が保証してくれている。ユルドにどう思われても構わないし、外で知らないことを暴露して恥をかくよりは良い。

「それは人それぞれですよ。歌の上手い人は孤児院で歌を歌ったりしてますね。軽く寸劇をしてあげる俳優なんて多いですよ、子どもたち大喜びですからね。あと、俳優たちは皆、本を読むのが上手いので読み聞かせは定番です。ワドラフさんとかは、立ち回りをしてあげるので人気です。迫力ですからね。軽い木の剣で格好良く騎士の真似事をするんです。付き人を相手にしてね」

「なるほど」

リグラスは自分に何ができるか考えた。

定番の読み聞かせは楽そうだが、いかんせんリグラスは学生時代不真面目だったので読めない文字があるかもしれない。子どもの絵本なら問題はないと思うが、うっかりミスくらいはやりそうな気がする。子どもの絵本で読み間違えたら言い訳のしようもない。

(寸劇にするか……どんな題材で?)

リグラスは散々悩んで、先日千秋楽を終えた「花が散る夜に」の山場をやることにした。相手のヒロインはユルドにやらせればいいだろう。

ユルドは「なんすか、それ。私に女役やれって?」と散々抵抗したが、自分が慰問に行けと勧めた手前、渋々引き受けた。

慰問当日。

王都内ではあるが、少々離れた西の端の孤児院に行った。

中央にある孤児院は、駆け出し俳優たちが小遣い稼ぎも兼ねて熱心に行くから避けた。新前たちは子どもたちの反応で客の摑み……つまり観客を引きつけるコツを学ぶらしい。そういう修業も兼ねている、と支配人は言っていた。リグラスはそんな話は聞いたことがなかった。

元王子という知名度と、俳優としてのセンスがたまたまあったために無名時代をあっさり飛び越えてしまったからだろう。

「ノイセン孤児院」と、その施設は名付けられていた。ノイセンは院長の家名らしい。男爵位を持つ年老いた女性が運営をしていた。

この日、院長は病床で起きられず私室で休んでいた。代わりに職員のセルバという小柄で年配の男が挨拶をした。

リグラスが孤児院の子どもたちの前に姿を見せると、女の子たちが沸き立った。

「かっこいい！」

「わぁ！」

「俳優さん、来た！」

大騒ぎだ。リグラスはにこりと元王子スマイルを披露する。

「きゃぁ」

「素敵！」

はしゃぎ回る女の子たちは良いのだが、少年たちの反応は今ひとつだ。少女たちの中にも少し遠巻きに様子見をしている子もいる。おとなしい子たちなのだろう。それでも皆、リグラスを憧れの目で見てくれている。

ふとリグラスは、遠巻きにしている少女の中にそっぽを向いている小柄な子がいることに気付いた。

（俳優に興味がないのかな？）

その子の綺麗な亜麻色の髪に自然と目が吸い寄せられる。

兄嫁のユリア妃は綺麗な亜麻色の髪をしていた。絹糸のように煌めいて、羽毛のように柔らかそうな髪だ。

リグラスが片思い中……失恋中ともいう女優のロザリも波打つ亜麻色の髪の持ち主だった。

亜麻色の髪を見る度に締め付けられるような切ない想いが過る。

リグラスは無理矢理、意識を回りで自分を見上げる少女たちに戻し、優しく微笑んだ。

「今日は劇を見せてあげよう」

選んだのは恋愛劇の山場だが、動きのある場面なので少年たちも退屈はしないだろう。

「みんな、舞台を観に行きましょう。小さな劇をやりますよ」

セルバが案内をし、ユルドも「さぁ、行こうね」と促す。予め、ユルドは施設で打ち合わせをしてあった。リグラスとユルドは子どもたちを引き連れて広間に向かった。広間は孤児院では講堂として使われている。

孤児院の施設は古い屋敷だった。くすんだ赤の屋根に、蔦がびっしりと這うクリーム色の壁。院長が昔、親類から譲られたと聞いている。

ノイセン男爵家の本家は王都中央に屋敷を持っているらしい。ユルドがどこからか聞き込んできた話では、院長は四十年以上も前に大叔母からもらった屋敷で孤児院を開いた。当時のノイセン家の当主はそういった福祉には何ら興味はなく、ただノイセン男爵家の商売にとっては良いイメージになるので放っておいたとか。

(貴族家の屋敷にしては手狭な気がするが、この規模の孤児院としては間に合ってるのか)

そこかしこに修理が必要そうな傷みはあるが、掃除は行き届いている。広間は片付けられ椅子が並べられ、舞台の形になっていた。

「物語の始まり始まり。時は戦時、小さな紛争が繰り返し行われていたザザビエ王国では、辺境伯領に敵国の兵が明日にもなだれ込んでくると斥候からの報告があったところです。舞台に立つのはショーン辺境伯です」

ユルドが舞台袖となる衝立の後ろから前口上を述べると、子どもたちの視線が急拵えの舞台に集まった。ざわめいていた広間がしんと静まる。

リグラスは簡素な普段着に帯剣という格好。

袖から舞台に歩み出たユルドはショーンの部下、バズの役だった。

「バズ。今日は訓練はなしと言っただろう。明日にも出陣なのだからな」

リグラスが声を上げる。

「そう言いますが、剣を振るっていたほうが落ち着きます」

ユルドはまるきりの棒読みだった。おまけに職員のセルバが掲げるカンペをちらちら見ている。

せっかく静まっていた広間に笑いがさざ波のように広がる。

(素人だから仕方ないとはいえ……ナレーションはそれなりに上手かったのに……)

リグラスは気を取り直して次の台詞に進む。

「私は心静かに集中力を高めるために過ごす予定なんだよ」

「心静かにですか。リース嬢に、お、おも、想いを告げなくて良いのですか」

ユルドは台詞を喋りながら、小道具の色づけした木製の剣をぶんぶんと振る。

(くっ！　噛んだな、ユルドめ。大した台詞でもないくせに)

「想い？　想いとはなんのことだ」

リグラスは、もう少しマシに台詞を言えないのかと胸中で文句を零し、演技を続ける。

「えっと。つまり、愛してるから待っていてくれ、とかですよ」

カンペを凝視し台詞を読むユルドに、リグラスはため息を吐きそうになった。

「そんなこと言えるものか！　リースの婚約者はカレロ伯爵だ！」

本気の怒りが台詞にこもる。

「婚約は伯爵の不貞でなくなったと聞いていますよ」

「たかが不貞ごときでなくなる婚約ではないよ」

リグラスは肩を落とす。

「まったく！　知りませんよ、ホントに彼女が取られても」

ユルドの台詞はいつもリグラスにあきれて文句を言うマネージャーの口調になっていた。

ユルドは剣を振り回しながら舞台端に設けられた衝立の後ろに引っ込むと急いで服を着替えた。借りてきた衣装だ。上着を脱ぐと、下に着ていたのはレースのあしらわれたブラウス。ズボンを取り払い、ずるっとしたスカートをはいてカツラを被る。

衝立からユルドが姿を現すと広間が爆笑の渦に巻き込まれ、リグラスは呆気にとられた。

（……変だな。どう見ても女じゃない……）

ユルドは中肉中背だ。容姿は普通より少し良いくらいだと思う。決して不細工ではない。まさか、これほど女装が似合わないとは思わなかった。

女っぽい顔ではないが、厳つくもないというのに。

(……眉毛が太めだからか……)

失敗した、ユルドの眉をなんとかしておけば良かった。

多忙に紛れてユルドの女装を確認しなかったのが悪かった。ユルドは焦げ茶の髪に灰色の目だ。濃い眉毛はよく目立つ。

リグラスは腹筋に力を入れて苦笑が漏れないようにし、ショックで失念しかけた台詞を思い出す。

「リース！　どうしてここに？　叔父上殿の屋敷に避難するのではなかったか」

「愛しい方が戦地に向かうというのに安全地帯に逃げていろと言うのですか。挨拶さえもさせていただけないの？」

ユルドが首を傾げる。可憐な女優なら愛らしく見えたのかもしれないが、はっきり言って笑える。

「リース……」

リグラスは腹筋にさらに力を入れる。笑ってはいけない。ここは見せ場だ。

ユルドを震える手で抱き寄せた。

「ショーン様ぁ」

ユルドがリグラスの肩に顔を埋める。

リグラスは男性としては中背だが、ユルドよりも少し背が高い。抱きつかれるとユルドの頭頂が耳元にくるくらいだ。

それにしても、男ふたりが抱き合う姿は子どもたちにどう見られてるんだろうか。リグラスはユル

ドの焦げ茶のカツラに視線を俯けたまま、顔を上げるのが怖い。気のせいかクスクス笑いが聞こえる
……と、ふいに少女の声が広間に響き渡った。

「まったく！　なんでここで笑いが取れるのよ！　観客はハンカチを手放せない場面のはずでしょっ！」

少女の声に思わず顔を上げた。

リグラスにそっぽを向いていたあの亜麻色の髪の少女だった。

彼女の言い分はもっともだとリグラスも思う。

ユルドがド素人だったので、そう上手くはいくまいとは思っていた。それでも、感涙とまではいかなくとも、しんみりするくらいには良い寸劇をするつもりだった。ユルドの粗末なところはプロの自分がフォローすればいいと思っていた。

まさかこの場面で皆が笑顔だなんて、そこまで酷い結果になると思うわけがない。

リグラスは、これまでの人生で自分でもあきれるほどに致命的な失敗を重ね、今は人間に丸みが出たと自惚れていた。元の自堕落ぶりが酷すぎたのかもしれないが、精進して実力派の俳優として地道に実績をあげてきた。

それが、子どもの観客の前とはいえ、笑われている。演劇という、生まれて初めて才能が認められた分野での失敗だ。

頭に血が上りかけたが、なんとか深く息を吸い込んで気持ちを静めた。

「それは悪かったね。楽しい劇を提供したつもりだが？」

リグラスは柔らかく微笑んだ。

会心の笑みだと思う。

少女たちの顔が赤らんだ。なんなら少年たちも見惚れている。

だが、リグラスの笑みは勇ましい少女にはまったく効かないようだった。

「あなたの声はとても良かったわ。でも、そっちのヒロイン役はコメディに転向したほうがいいわ！」

少女は大真面目に言い放った。

「いや、ロマンスもコメディもどっちもやる気はないんですけどね」

ユルドは小声でぼやくとリグラスから一歩離れた。

「ありがたいご忠告だな」

リグラスは今日何度目かのため息をなんとか堪えた。

「私がヒロイン役をやってあげるわ！」

「はぁ？」

「えぇ？」

男ふたりが間抜けな顔をしていると少女はずかずかと舞台のスペースに立った。

「ほら！　コメディアンの彼は舞台から避けて！　私が登場するところからね！」

少女は袖のほうへゆっくりと近づく。

「あ、アーシャ、君は……」

セルバがカンペを持ったまま慌てて声をかけてきたが、アーシャと呼ばれた少女は怯まなかった。

「平気よ、できるわ。彼よりもずっと上手にね」

アーシャは袖の衝立横で振り返った。ユルドは少女に気圧されるように少々不本意そうな様子で奥へ引っ込んだ。

「さぁ、やりましょう。台詞の準備はいい？」

「もちろん」

リグラスは頷く。

アーシャは凜と背筋を伸ばすとリグラスのほうへと歩を進めた。

（ふぅん、悪くないな）

身のこなしの教育など受けたこともないと思っていたが、綺麗に歩いている。

「リース！　どうしてここに？　叔父上殿の屋敷に避難するのではなかったか」

リグラスはにわかにやる気を出し、台詞を述べた。

「愛しい方が戦地に向かうというのに安全地帯に逃げていろと言うのですか。挨拶さえもさせていただけないの？」

アーシャはツンと顎をあげ、不敵な笑みを浮かべた。

傲慢な貴族令嬢に見える表情と口調、それでいてどこか哀しげな瞳と声。

（上手ぃ……）

リグラスは彼女の演技に呑まれそうになった。

「リース……」

そっと少女を抱き寄せる。

十歳くらいだろうか。ユルドとは比べようもないほどに華奢な身体だ。

「ショーン様」

アーシャは、震える声で名を呼ぶ。

「敵を蹴散らして参ります」

「当然よ。でも……」

アーシャは僅かに口籠もり、

「どうか、ご無事で……ご無事でお帰りくださいませ」

縋るような声で告げたかと思うと、リグラスの手を振りほどく。

「待っていますわ」

アーシャは気丈にも微笑んだ。

リグラスの目にはアーシャがヒロインのリースに見えた。見事にリースの心の動きを美しく流れるような演技で表していた。リハーサルもなしに舞台女優さながらの名演技だった。

「君の、あの婚約者は……」

ショーンはつい口を滑らせる。

リースは目を見開き、一瞬、顔を歪ませた。

「あの下半身の壊れた男ね」

うっかりショーンは「ぷっ」と吹き出した。

セルバのカンペには「下半身の緩い男」と書いてあるが誤差の範囲だ。

だが、そもそも彼女はカンペを見ていないようだ、とリグラスは気付いていた。

「彼はまた騒ぎを起こしたそうだが……」

「メイドに手を出したのよ。彼女は男爵令嬢だったわ、乱暴されても男爵家では文句を言えない。ショーン……」

リースは意を決したようにショーンを見上げる。

(惜しいな。どうも目線の動きが不自然だ)

時折、リースの顔の向きや視線の揺れが気になった。それだけが残念だが、アーシャは今すぐにでも子役で舞台に立てるほどに上手かった。よく通る声も舞台向きだ。

「あの男との婚約は崩れかけているの。でも父はこの婚約が駄目になったら、私にはろくな婚約者を宛てがえないと思ってる」

「そんなことはない!」

「もしも、あなたが私を求めてくれるのなら……。ショーン、どうか帰ってきて。私を迎えに来て……」

「リース。待っていてくれ。必ず!」

「待ってるわ……」

ふたりは再び抱き合う。手放し難く躊躇うショーンの手をリースはそっと押しやり、「ご武運を!」

と微笑んだ。

その後、再登場のユルドと立ち回りを演じ、戦を終えたショーンがリースの元へ帰る場面で劇を終えた。

広間は拍手で埋め尽くされた。

リグラスはたったこれだけの寸劇ではあったが、とりあえずの成功を収められたことで安堵していた。

「さすがです。素晴らしかったです」

セルバが拍手をしながら声をかけ、孤児院の少女たちからは小花の花束がリグラスとユルドに贈られた。

飛び入りのアーシャにも仲間から花束が渡されるようだった。急いでアーシャの分を用意したらしく、リグラスたちの花よりも小さい花束だった。

リグラスはなにげなくその様子を見ていて気になった。

アーシャはなぜ花を見ないのだろうか。この場で花束を見れば仲間たちの意図はわかりそうなものだ。

ヒロイン役をやり終え頰を紅潮させたアーシャは、みんなとは違うほうに目を向けていた。澄んだ瞳で、まるで彼女だけ違う世界を眺めているようにリグラスには感じられた。

花を掲げた少女は、そんなアーシャの態度に焦れていた。

「もーぅ、アーシャってば。お花！　お花をもらってよ！」

少女はアーシャの手を取り、花束を持たせた。

「私に？」

アーシャが驚いたように少女と花に顔を向けた。

今初めて気が付いたかのように。

「そうよ！　ヒロインのアーシャに、お花！」

仲間の少女たちがパチパチと拍手をして聞かせると、アーシャは満面の笑みを浮かべた。

（見えない、のか）

リグラスはようやく合点がいった。なぜアーシャの視線と顔の向きが時折、不自然だったのか。なぜ彼女が足下を必要以上に確認したかったのか。

アーシャの動きを見ると、まったく見えないわけではないと思う。ただ、とても目が悪いのだ。

（弱視……か。女優にはなれない、のか）

なぜか酷くショックを受けていた。社交用の笑みを忘れて身体が強ばるほどに。

リグラスはこの時初めて、自分が何の疑いもなくこの才能ある少女は女優になるだろう、と思い込んでいたことに気付いた。


「リグラスさん、孤児院の広間は寒いですからね。暖かい衣装の場面のほうが良くないですか」

ユルドに言われてリグラスは眉をひそめた。すでに決めているものをすっかり変えるのは気が進まない。季節設定だけ変えて台詞に少々手を加えればいいだろう。

アーシャが演じやすい場面を選んであるのだ。アーシャはそういう気遣いを嫌がり、練習を重ねてできないことを補おうとするが、リグラスはわざわざ難しい劇をやらせたいとは思わなかった。

「薪代も寄付しておくか……」

ぽつりと呟くとユルドが首を振った。

「あれ以上は受け付けないですよ。なぜかセルバさんは『お金は足りてます』とか言って寄付を受け取らないんですから」

「足りてるようには見えないけどな」

リグラスは眉間に皺を寄せ孤児院の様子を思い浮かべる。小さな子の靴はどれもボロボロだったし、服も十分とは言えない。痩せた子が多いのは食事が貧しいからではないか。

あれからリグラスは、月に一度か二度は孤児院への慰問を行っていた。ノイセン孤児院が慰問先だ。劇の場面が決まるとユルドに台本を運ばせた。アーシャに読ませておくためだ。毎度、ヒロイン役はアーシャだった。

最初の劇のときにアーシャが台詞を覚えていたのは、有名な物語が劇の原作だったかららしい。アーシャは劇の原作となった物語は、特に山場のシーンの台詞は覚えているという。

アーシャは目が悪いが、院長に買ってもらった拡大鏡でよく本を読んでいた。孤児院には院長の蔵書や寄付された本がけっこうたくさん置いてあった。

（アーシャは暖かい服を持ってるのかな）

普段着でもかまわない劇はそのままで、衣装の要るときは劇場から借りて持ち込んでいた。

「どうせ短い場面だ。初夏を冬に変えればいい。アーシャには厚手の衣装を用意する。アーシャのサイズがないときは買いに行けばいい」

「用意する、ってどうせ私が探して買うんでしょ」

ユルドがぶつぶつと文句を垂れ流す。

(先日の桜色のワンピースはよく似合っていたな。アーシャは嬉しそうだった)

女の子は綺麗な服が好きなものだろう。アーシャは小柄だが十二歳だという。

「アーシャばかりを贔屓にするのは良くないが、他の子たちにも服や靴を買っていけばいいだろう」

アーシャを贔屓にすると、アーシャの孤児院での人間関係が悪くなると教えたのはユルドだった。

「はいはい」

「俳優の仕事の一部だ」

リグラスはくつろいだ居間のソファでゆったりと情報誌のページをめくる。

「女の子の服なんかわかりませんからね。選ぶのはひと苦労なんです。ノルンさんに手伝ってもらいましょう」

ユルドが独り言を呟き、リグラスはノルンに手伝いを頼むのは良いかもしれないな、と胸中で思った。

ノルンはリグラスの家で住み込みで働いている家政婦だ。中年を過ぎたくらいの年齢で、言いたいことは言う人だが普段は優しい感じの婦人だ。

この家を借りたときから雇っている。家政婦協会から来てもらった。少々、お喋りなのを除けば、料理はうまいし掃除や衣類の世話も行き届いているし良い人選だった。

週末。

今日は院長は体調が良かったのか、広間に姿を見せていた。

白髪の院長は老いた聖女のごとく穏やかだ。院長がいるからか、子どもたちはいつもよりおとなしかった。

「ここはカロルド王国の名もない村。町の人間は『森外れの村』と呼ぶ。この村に勇者が現れた。魔物の王を打ち破る聖剣に選ばれし勇者。王命により勇者は村を出て王宮に行かなければならなかった。だが、勇者アレスは行きたくなかった。幼なじみと村が心配だったからだ。幼なじみの少女ミアはアレスが罰せられるのを案じ、『王都に行って』と説得を試みた」

いつものようにユルドが舞台袖で前口上を述べた。

否が応でも子どもたちの心は沸き立った。

今日の広間の舞台は少し凝っていた。劇場から大道具を幾つか運んできたのだ。木々を模して作られた衝立と植木鉢で作った小さな花壇が舞台にあった。

今日のリグラスとアーシャの格好は村人だ。アーシャは白いブラウスとレンガ色のスカートにカーディガン、リグラスは襟なしのシャツに茶色いズボンと毛織物のジャケット。髪型は、アーシャはお下げ髪で、リグラスも手櫛でわざと乱し気味にしてある。それでも容姿の良いリグラスは「格好良い男の子」風で美貌は健在だ。

アーシャの村娘役はなかなか可愛いな、とリグラスは何度も視線を向けてしまった。幼なじみに惚れている勇者の役なのでそれで良いのだが、演技になってないような気がする。

「ねぇ、アレス。今度、騎士たちが迎えに来たら、断ったらマズいわ。絶対に行かないと、村長がまた怒鳴られるわ」

「あんな横暴な連中、今度来たらぶん殴ってやる」

アレスは冗談めかして答えた。

「アレス……」

ミアは心配でたまらず、涙を堪えて胸に手を当てた。

アレスはそっとミアを抱き寄せた。

「ごめん、ごめん。そんな不安そうにしないでくれ。大丈夫だよ、俺が夢のお告げで『今度の満月に霊月草を見つけて国王に献上するって女神様に言われた』と伝えたから騎士たちは一旦帰ったんだ」

「れ、霊月草って……でも……」

ミアは戸惑い、目を瞬かせてアレスを見詰めた。

「うん、わかってる。嘘だよ。霊月草の群生地はとっくに知ってる。ミアと見つけたからね。あいつらに群生地を荒らされないように、少しだけ西の祠の側に植え付けておいた。だから今度、それを見つけた振りをするんだよ。次の満月まで日を稼げた」

「ど、どうして……」

「俺は、とても耳がいいだろ？」

「ええ、それは知ってるわ。うんと遠い熊の唸り声まで聞き取ってしまうんだもの」

ミアはこくりと頷く。

「だから、あの連中が勇者を探しに来たときに、彼らの会話を盗み聞きした。どういう奴らか知りたかったから。こっそり通信の魔導具で話してたこととかも聞いてやった」

「なにがわかったの？」

「連中は、何度も来ただろ？」

「ええ、アレスがなかなか勇者の力に目覚めなかったからね」

ミアは朗らかに答えた。

「あのね、それは演技だったんだよ。勇者になったら王都に連れて行かれるってわかってたからさ。聖剣を鞘から引き抜けって言われたときに。引き抜けそうだったけど、力を緩めてわざと抜かなかった」

アレスはいたずらを白状した子どものように無邪気に教えた。

「まぁ、そんなことしたの？」

ミアはあきれて苦笑した。

「そのまま勇者じゃない振りをしたかったんだけど、何度もやってきた騎士たちとあの高官みたいな奴が『面倒だから村の若い男の利き腕を皆、切り落としてしまおうか』とか言い出したからさ」

アレスが嫌そうに暴露し、ミアは顔色を失って黙った。

アレスは宥めるようにミアの髪を撫でた。

「でも、とにかく演技したおかげでしばらくは行かなくて済んだし、何度も奴らが来たから裏の事情もわかった。王宮は、今、酷《ひど》い状態らしい」

「酷いって？」

ミアは不安そうに首を傾げた。

「まず、高齢の国王は病床でだいぶ悪いらしい」

「そうなの？」

「ホントさ。だから引退すればいいのに、しないんだ。それは王妃が画策してそうしてるらしい。王妃は若いだろう？　前の王妃が亡くなって新しく妃になった若い王妃だ。だから引退したくないんだよ。我が国の法律では、国王が引退されたら王妃も引っ込むことになるから」

「そんなことのために？」

ミアは思わず眉間に皺を寄せた。

「そう。そんなことのためにさ。だから王太子は、国王の権限がないままに国王の執務をしている。そのせいで何かと手間が掛かって、すごく多忙だ。国は魔獣が増えてそれでなくとも大変な時期なのだから」

「酷いわ……」

「あちこちに無理が出てきてる。王太子の目の届かないところでいろんなことが起こってる。僕らの村は間もなく魔獣の群れに襲われるってお告げもある」

「私たちの村が？」

ミアは目を見開いた。

「そんなお告げが出てるのなら俺を連れて行くのは待てばいいし、騎士団を派遣してくれればいいのに、連れて行こうとしてるんだ。支援もしやしない」

「そんな……」

ミアはあまりのことに言葉が出ない。

「だから、ミア。俺をあんまり追い出そうとしないでくれ」

アレスはミアの手を握った。

「ごめんなさい。私……」

ミアが辛そうに唇を噛んだ。

「必ず村を守ってやるからな。あの連中はやきもきしてるらしいけど、どうとでもなればいい。俺を早く連れて行こうとしているのも、故郷の村が魔獣にやられれば、俺が復讐のためにより頑張るだろうからって。ふざけた理由らしいからな」

「アレス……わかったわ。村を守って」

ミアは顔を真っ直ぐに上げてアレスを見つめた。

「ミア。もちろんだよ」

アレスはミアの手を握って誓った。

舞台にユルドのナレーションが流れる。

「満月の来る前に魔獣の群れが村を襲ったが、勇者は魔獣どもを蹴散らした。勇者はようやく魔王を斃《たお》す旅に出発した」

ユルドは魔族の格好をして舞台に登場し、勇者と大立ち回りをして見せた。

広間は沸きに沸いた。子どもたちは興奮して大騒ぎになった。

魔王は討伐され、次の場面、アーシャは糾弾される王妃の役だ。

「私は王妃よ、王妃なのよ」

狂気を帯びた声で泣き喚きながら捕らえられる王妃を熱演し、拍手喝采を浴びた。

最期の場面。村に帰ったアレスはミアと抱き合い、アレスはミアの頬にキスをする。

広間の女子たちは黄色い声をあげた。

(本当は熱い口づけの場面だけどね)

リグラスは頬のキスだけで真っ赤になってしまったアーシャに微笑んだ。楽しい劇だった。演じることを無邪気に楽しみ、夢中になれた気がした。


半月後。

今日は、ユルドはリグラスに付いていなかった。ノイセン孤児院に台本を運ぶ用事があったからだ。

リグラスは劇団で稽古と発声訓練をしたのちは、次の公演の打ち合わせを終えて帰るだけだった。

リグラスが住まいに帰るとユルドも戻っていた。

「リグラスさん、今度の劇は中止になりそうです」

ユルドが険しい顔で告げた。

「孤児院で何かあったのか」

リグラスはコートを脱ぐ手を思わず止めた。

コートを受け取ろうとしていたノルンも不安そうな顔になる。

ノルンは、リグラスが孤児院へ慰問に行っていることはもちろん知っていた。前回、舞台で着るアーシャの服を選んだのはノルンだ。

「孤児院が潰れそうなんです」

「……座って聞こう」

リグラスとユルドはソファに落ち着き、ノルンは喉に良いという薬茶をいれてきた。

リグラスはどちらかというと普通の紅茶のほうが好きだが、発声の訓練を受けたあとは甘い薬茶以外、飲ませてもらえない。

「三日前に院長が亡くなられたんです。セルバさんはこちらに知らせようとしていたらしいですが、どうも……事件に巻き込まれて」

「事件だって？」

「そうです。横領事件ですよ。まぁ、訴えたのはセルバさんのようですが」

「どういうことだ？」

リグラスに尋ねられ、いつもは飄飄《ひょうひょう》としているユルドが珍しく固い様子で説明を始めた。

院長は元はノイセン男爵家のご息女だった。孤児院経営に全てを捧げ、生涯独身で過ごした。

院長が晩年気に病んでいたのは甥のことだった。

ノイセン男爵家の実家は細々と商会を経営していた。院長が若いころはそれなりに繁盛していたようだが、昨今は商売が上手くいっていなかった。

そのため、甥が金の無心にやってきた。院長は寄付や補助金で運営している孤児院が、寄付の主旨以外のためにお金を渡すわけにはいかないと毅然として断っていた。ところが、病んで弱ってから、院長は甥の横暴を許すようになってしまった。

セルバは、ノイセン男爵家の甥の所業を許すことができず、必ず借用書を書かせるように院長に頼み込み、なんとか記録を付けていたが、それも院長が寝込むことが多くなるにつれ難しくなってきた。

院長が亡くなると、院長室に保管してあった運営費を甥は勝手に持ち出した。

セルバはこのままでは孤児院が資金難で潰れてしまうと、慌てて役場に届け出た。

「セルバが私の寄付を断っていたのはそのためか」

リグラスは唖然としたのちにぼそりと呟いた。

「そのようです。孤児院に金があると持って行かれてしまうからですね」

「それで、孤児院は潰れてしまうのか？」

リグラスの脳裏に子どもたちのことが過った。

ノイセン孤児院の子たちはのどかに暮らしていた。院長がおっとりとした人柄だったからだ。院長の人となりに対する信頼と人脈でそれなりに寄付もあり、裕福でもないが貧しくもないとリグラスは聞いていた。

「リグラスさんが通い出したころには、甥が金をせびっていくために以前よりも厳しい運営だったみたいで。食料や衣類なんかを買っていた食料品店や雑貨屋に借金もあったようなんです」

「払いに行ってこよう」

リグラスが立ち上がりかけると、ユルドが慌てたように「いえ、それは、なんとかなりそうなんですが……」と止めた。

「なんとか、って？」

リグラスが眉をひそめる。

「ノイセン男爵家はまだかろうじて潰れてませんから。役場はすぐに手を回しました。幾らかは取り立てることができるでしょう。その金で、まずは店の支払いがされる予定です。でも、もう孤児院をやっていくのは無理でしょう。国の補助金が絡んでいますから、横領事件として調べられます。院長は、自分が亡くなったら子どもたちの面倒をみてもらえるよう信頼する他の孤児院に資産を寄付すると遺言されています。甥たちに遺産が取られないように手を打っていたんです」

「そうか……」

リグラスが黙り込んでいると、側に佇んで聞いていたノルンがふいに口を開いた。

「アーシャという子は、他の孤児院でやっていけるのかしら……」

独り言のように呟かれた言葉は、リグラスが今まさに考えていたことだった。

「アーシャは余所では今までどおりに暮らすのは難しいでしょうね。ノイセン孤児院だから大らかにできたんですから。あの孤児院は、子どもたちを急かすことはあまりしませんので。余裕のないところだとアーシャのペースでは付いていけないですよ」

「だが、アーシャは目が悪いのだから、急いでなどできないだろう」

リグラスが苛立つ。

「それは、こちらの考えではそうですけれどね。孤児院といっても、職業訓練所みたいなところが多いんですよ。それもひとつの親心ですよ、独り立ちできるように教えてあげるわけです」

ユルドの答えをリグラスはじっと考えた。

考えても、納得できない。

「うちで引き取れないだろうか」

リグラスは思ったことを口には出したが、難しいことはわかっていた。

普通、孤児を引き取るのは、両親が揃った家庭だ。

「基本的には、両親のいる家が一番問題なく認められるんですが。片親だけでも良い場合があります」

「本当か」

リグラスは俯きかけていた顔を思わず上げた。

「はい。いくつか条件がありますけれどね。まずは、養い親本人が身元のしっかりとした経済的にも自立した人物であること」

リグラスはそれは問題ないな、と思いながら頷いた。

「それから、養育環境が安心安全な状態であること。うちの場合はノルンさんが住み込みで働いてくれていますので、大丈夫かと思われます」

ユルドとリグラスがふたりしてノルンをちらりと見ると、ノルンがにっこりと頬笑んだ。

「あとは、推薦状です。片親でも信頼できる人物であるという内容の。それなりの地位にある方からの推薦の言葉が必要です。リグラスさんの場合、兄上でおられる国王陛下か、宰相とかの推薦状なら完璧でしょうね。劇場支配人だとちょっと利害関係ありなので、それが引っかかるかもしれませんから」

「兄上に頼んでみよう」

リグラスはしばし思考を巡らせたのちに決めた。兄にはリグラスが王宮を出るころに二度ほど会った。イレーヌ妃を隠居先に送るためにリグラスが協力したからか柔らかい態度で声をかけてくれた。

(事情を手紙で伝えれば推薦状を書いてくれるんじゃないか)

今更、頼るのは気後れするが、アーシャを引き取るのなら完璧な書類を揃えようと思った。


十日後。

リグラスとユルド、それにノルンの三人はアーシャを引き取りにノイセン孤児院に向かった。

孤児院では、前よりも少し痩せたセルバが出迎えてくれた。

「お待ちしておりました」

セルバがお辞儀をする。

「よろしく頼む」

リグラスは珍しく緊張していた。

これからアーシャを引き取る手続きをするのだ。

許可証などの書類はすでに揃っている。後は、ノイセン孤児院側の署名とアーシャが望んでくれればいい。

セルバは「リグラス様ならアーシャも安心でしょう」と手続きの書類に書き込みをした。

アーシャが待っているという部屋に向かう。

子どもたちの大部屋に案内されたがほとんど空っぽだった。行き先が整った子から順に引っ越しているのだ。

残っている子たちも、アーシャ以外はすでに住み込みの仕事が決まっていたり、遠方から引き取り手の迎えを待っていたりするような子ばかりだという。

傍らに荷物を置いてぽつりとベッドに座る不安そうなアーシャを見て、リグラスは胸が引きつるように痛んだ。その痛みの正体はわかりそうでわからない。言葉にすることもできない初めての感覚だった。

リグラスはそっと近付き、「アーシャ、遅くなったね」と声をかけた。

アーシャはリグラスのほうを見て、薄水色のガラス玉のような瞳を揺らめかせた。

「そうよ、遅いわ。でも、荷物整理とか、家を出る子たちの面倒とか色々忙しかったから、まぁいいわよ」

アーシャは舞台女優のようにツンと顎を上げ、荷物を摑んで立ち上がった。

「僕のところに来るということで、いいんだよね」

リグラスはアーシャの荷物を持ってやりながら尋ねた。麻の袋ひとつ分の荷物はそう多くはなかった。

「もちろんよ。ラスはちょっとした知り合いだし」

「……ラス？」

「そうよ。家族になるんだもの。私のことも好きに呼んでいいわ」

アーシャの声にはもう不安そうな様子はなかった。

「……アーシャの名前は変えようがないな」

「それなら、マリアンルーシェとか、ヴィオブランジュとか、凄い名前に変えてくれてもいいわ」

「アーシャが可愛いと思うよ、アーシャに合ってるし」

「そうかしら」

アーシャはどことなく不服そうだが、リグラスはアーシャの名が気に入っていた。アーシャ、と胸の内で思うだけで可愛らしい感じがする。

「それより、ノルンを紹介するよ」

「ノルン？」

「これから一緒に暮らすからね」

リグラスは立ち止まり、側にいたノルンが見えやすいように立ち位置を変えた。

セルバはすぐ後ろで見守るようにしていた。

「こんにちは、アーシャ」

ノルンが声をかけた。

「初めまして、ラスの奥様？」

アーシャがノルンのほうを見て首を傾げた。

「まぁ、ホホホホ。それは絶対にないわ。家政婦をしていますの。よろしくね」

「なんだか、険のある言い方だな」

リグラスがそっとユルドに愚痴り、ユルドは笑いを堪えた。

「ふたりは気が合いそうで良かったですよ」

リグラスは微妙に居心地が悪くなった。

実を言うと、ノルンがリグラスの住まいで働き始めたころ、リグラスはノルンを怒らせたことがある。リグラスがベッドで飲み食いをしたり、衣装に煮込み料理を零したり、火かき棒を剣代わりに立ち回りをやってみようとして暖炉の煤を居間にまき散らしたり、その他諸々のことでノルンに文句を言われた。

「普通の家政婦の給料には、毎日のように大量のしみ抜きをすることは含まれていませんからね！」

リグラスは王宮では侍女たちに傅かれたことしかなかった。まさか家政婦に怒られるとは思わず、ユルドに家政婦を替えたほうが良いかと相談した。

以前のリグラスであればその場で怒鳴り散らして解雇していたかもしれない。昨今は、少しは大人になり癇癪を抑えることを覚え、驚いている間にノルンがさっさと帰ってしまったこともあり少し冷静になった。

信頼のおける家政婦を雇うのは大変なのだ、とリグラスは聞いていた。

リグラスのように元王子で人気俳優となると、迂闊な家政婦は雇えない。ノルンはその点、家政婦協会のお墨付きの家政婦で、リグラスに色目を使うこともなく……むしろ、若干嫌われているくらいだが、きっちり働いてくれていた。ゆえに、すぐに解雇は難しいと思いながらユルドに相談をしたのだが、いつも辛辣なマネージャーに「何言ってんですか」とあきれられた。

「あの部屋の惨状を何も言わずに掃除してもらっておいて、ちゃんと感謝くらいしたんですか。上等な絹の服のシミ落としは大変なんですよ。あなたは通常の家政婦の給料しか払ってないでしょ？　それなのに、俳優としての私生活の秘密を守ってもらって、めちゃくちゃにした部屋の掃除を毎度毎度、やってもらって。文句も言われないと思ってたんですか。居間の絨毯を煤だらけにしたときも綺麗にしてもらったくせに。ノルンさん以上の人なんて、あの給料で来てもらえるわけないでしょ！」

ユルドに言われてようやくわかった。

リグラスは流石に反省し、臨時手当を渡して謝罪と感謝を伝え、なんとか続けてもらっている。

（家族が増えるんだし。ノルンの給料を値上げするか）

リグラスは四人で賑やかに馬車に揺られながら幾らくらい値上げすべきかと考えた。

一か月後。

四人の生活は楽しく穏やかに過ぎていく……とリグラスは思っていた。

（うまくいかないものだな……）

ひとり密かにため息を吐いた。

気がつけば一か月も過ぎていた。それとも、まだたった一か月だろうか。

アーシャはだいぶここでの暮らしに馴染んでいる。

十二歳のアーシャは王立学園の中等部に通える年齢だが、アーシャの視力を思うと家庭教師を雇うべきと思う。

リグラスは先の国王が引退するときに臣籍降下している。表向きリグラスには犯罪歴はない。危ういところで救われた。

今、リグラスはリグラス・オデールと名乗っている。国王が母方の親類から継いで持っていたオデールという子爵位があった。それを継がせてもらったのち、爵位を返上した。父である国王と宰相にそうしたほうが良いと言われたからだ。

ゆえに、リグラスは今は平民のリグラス・オデールだ。アーシャもアーシャ・オデールとなった。自分の娘だ。

そんなアーシャが、ノルンと一緒に拭き掃除や洗濯をしている。お喋りをしながら楽しそうだったので最初のうちは見逃していた。

だが、リグラスが家にいてもノルンと豆剝きをしたりしているので、ついに言ってやった。

「アーシャ。そんなことをやる必要はない。お前はこの家の娘なのだから。のんびりお洒落をして肌の手入れや茶会でもしていればいい」

なぜかノルンとユルドに驚愕の目で見られ、アーシャにまで訝しげな顔をされた。

「アーシャが慣れたら家庭教師を雇おうと思っていた。そろそろ良い人を探そう」

リグラスはアーシャが喜ぶと思い、そう話しかけた。

アーシャはなぜか泣きそうな顔をした。

「学園に通わせてもらえると思ってたのに……」

「アーシャは学園に通うのは難しいだろう」

「そんなことないわ。孤児院では町民学校に通っていたもの。ノイセンの子たちと一緒に。授業だってちゃんと受けたし、宿題を忘れたこともないわ」

「どうしても通いたいと言うのなら送迎は馬車を使うが、家で家庭教師についたほうが安全だ」

「あ、安全？」

アーシャの目が見開かれる。

「まぁこの辺は、西部の孤児院のところよりも治安は悪いですけどねぇ」

ユルドが苦笑する。

「そう、なの……」

アーシャが気落ちしたように項垂《うなだ》れた。

リグラスはどうしてこう何もかも空回りしてうまくいかないのだろうと、自分も項垂れたくなった。


その後、ユルドと仕事のために家を出た。リグラスが平気な振りをしながら鬱々としていると、ユルドに声をかけられた。ユルドにしては珍しく気遣う口調だった。

「リグラスさん。もっとアーシャと意思の疎通をはかったほうがよくありませんか」

「食事の時には会話するようにしているが。足りないか？」

リグラスはつい苛ついた口調になった。

「食事の時は当たり障りのない世間話だけでしょ。そうじゃなくて、もっと腹を割った話ですよ。学校の件は、私も王都のこの辺は治安も不安ですし、元王子で人気俳優の養子は警備に気をつけたほうが良いと思いますから家庭教師で賛成でしたけれどね」

「そうだ」

リグラスは眉間に皺を寄せて頷く。まさか嫌がられるとは思わなかったのだ。

「アーシャも楽だろうと思いますし……黒板は見え難いでしょうからね。でも、それでもアーシャは学校に行きたかったわけですよ。ですから、アーシャがどうして学校が良かったのかとか、聞いてあげるべきだと思います。そもそも、そういう話をもっとしておいたらいいんですよ」

リグラスはユルドに言われ、もっともだとは思った。

ただ、自分が親になったのに……という意地もあった。素直に忠言を聞くのは気が進まなかった。

リグラスが黙り込んでもユルドは気にした様子はなかった。

「なんなら、ノルンさんにアーシャの気持ちをさりげなく聞き出してもらいますか。アーシャが家庭教師よりも学校が良い理由がわかれば対処もできますでしょ」

「聞き出すくらい私でもできる。問題ない。私が親だ」

リグラスはユルドの案を不機嫌にはね除けた。


自信満々に言ったは良かったが、それからリグラスがアーシャと学園の件で話すことはなかった。

アーシャは「安全面を考えて家庭教師にした」という理由で一応は納得した様子だった。今更、また蒸し返すのが面倒に思えた。

自宅では、アーシャが来るまではリグラスはひとりで食事をすることが多かった。ノルンは給仕した後に台所で食事をしているし、ユルドはスケジュールによっては家や劇場で一緒に食事をしながら打ち合わせをするが、夕食時には大概帰宅していた。

王宮でも両親と食事をしないときはひとりだったので特に何も思わなかった。

アーシャが来てから一緒に食事をするのが新鮮だ。アーシャがあれこれと孤児院にいたときのことを喋り、リグラスは劇団で演技指導を受けた話とか、今度の公演のこととかを話す。

ユルドが言っていた「世間話」というのはこういうことを言うのだろう。確かに、アーシャが今何を考えているのかはあまり聞いていなかった。

(なんて話そうか)

さりげなく尋ねるつもりだった。

アーシャは、あれから、元気なく考え込んでいることがある。そういう時に何を考えているか知りたい。親として頼ってほしい。

リグラスは、そういえば、国王と第二妃だった両親と進学や将来のことや、悩みなどを話したことはなかった。そもそも、悩みなどなかった。

将来も国王となるに決まってると思っていた。

母は、リグラスと会話することなどほぼなかった。

(話……はしていたが、あれは会話とは呼ばないよな)

母があれこれと喋り、リグラスはときどき口を挟むが、母は言いたいことを言うのに忙しかった。

リグラスの言ったことを聞いている様子もなかった。

父はのんきな性格で、自分が話すよりも人の言うことを聞いているほうが多い人だった。リグラスは、父と話すときはいつも欲しいものを強請った。

（この家では理想的な家庭を作ろう）

ただ、どういうものが理想的な家庭なのかがわからない。

リグラスはもう貴族でも王族でもないが、品が良く裕福で、綺麗な家庭が良いだろうと思う。

（娘が豆を剝いたり、床に這いつくばって掃除をしたりする家などにはしない）

今まではアーシャが楽しそうにしていたので見てみない振りをしていたが、ここは孤児院ではない。

夕食のテーブルで、アーシャはちらりとリグラスに視線を寄越す。

リグラスもアーシャを見つめていた。

「アーシャ、私に何か相談があるなら言ってごらん」

リグラスは、とりあえずアーシャに話させようと試みた。

話し方は舞台で見た父親役を参考にした。リグラスは父親役をやったことがなかったので他人の演技だ。

自分の実父である国王と、理想の上司と評判の宰相も少々、参考に取り入れた。

「いいえ、ラス。ここで快適に過ごしてるもの。特に相談ってないわ」

アーシャは少し首を傾げながら朗らかに微笑んだ。

（演技、か……）

あまりに完璧な「娘」の台詞と微笑みに、リグラスは胡散臭いものを感じた。こういうとき、装うのが上手い相手は困る。

リグラスは自分も演技していることを棚に上げているとも気付かず、次の台詞に詰まった。

無言の食卓に食器の音だけが響く。給仕を終えたノルンが台所に引っ込むと余計に気まずい雰囲気になった。なんとか無理矢理、ぽつぽつと天気の話をし、食事を終えた。

食後、アーシャは食器の片付けを始めた。

ノルンはいつも片付けに使うワゴンを食堂の隅に置いておく。それで、アーシャはノルンを手伝うために食器を運んでいた。テーブルからワゴンに食器をのせるだけなので失敗することもない。

「アーシャ、ここは孤児院ではないのだから、食器の片付けなどしなくてもいい」

リグラスは以前からアーシャにはそう言っていたが、今までは孤児院での生活を急に変えないほうがいいだろうと気遣い、やんわりとしか言わなかった。今日ははっきりと強い口調で伝えた。

「え？」

アーシャは素で驚いたらしく、食器を取り落としそうになった。

「ほら、危ないだろう」

リグラスはアーシャの手からフォークののった皿を取り上げた。

「あ、危なくないわ。慣れてるもの！　これくらい難なくできるわ！」

「できるできないの問題じゃない。やる必要はないんだ」

「ここは孤児院じゃないことは知ってるわ。でも、片付けをするのは当たり前だもの」

「私の娘なら当たり前ではない。それは家政婦の仕事だ」

リグラスはなるべく感情を抑えて諭すように話した。

「じゃぁ、私は何をやればいいの？」

アーシャは戸惑うような苛立つような様子で、小さな手は皿を運びたそうにテーブルの上の皿に指で触れている。

「私の娘として優雅に過ごせばいい。お洒落をして散歩をしたり、お茶をしたり、買い物をしたりすればいい」

「そんなの役に立つ人間のやることじゃないわ」

「私の娘なら可愛らしくしていれば十分だ」

「『私の娘』ってなに？　そんな職業はないわ。私は役に立つ仕事をしたいの」

アーシャは咎めるように叫んだ。

「良家の令嬢であることも仕事だ！」

リグラスも思わず声を荒げた。

「そんなの！　私の望む仕事じゃないわ！　役に立ちたいんだって言ったでしょ！」

「役に立つとか、立たないとか、私の娘なら考える必要はない！」

「考えるに決まってるでしょ！　生きてるんだもの！　私は馬鹿じゃない！　誰かの娘であったとしても、独り立ちはするんだもの。たとえ、いろんなことが下手くそで遅かったとしても」

「下手で遅くてもいいだろ。仕方ないんだから」

「仕方がないでは済まないことくらい、わかってるの！　女優になれないことも、素敵な人のお嫁さんになれないことも。娼婦にしかなれないかもしれないことも」

「娼婦だって？　誰がそんなことをアーシャに吹き込んだ！」

リグラスは頭に血が上ったように熱くなった。

「娼婦はこの世で最も古くからあった職業よ。そんな古くから望まれた仕事なら、男がスケベな限り食いっぱぐれないわ！　穀潰しになるくらいなら娼婦になりたいのよ。お情けの愛人業より、仕事をするの！」

「愛人業も、娼婦も、やる必要はない！」

リグラスは怒りで顔を朱に染め怒鳴った。もう演技などする余裕はなかった。

「学校も行けない、お手伝いもできない、それなら最古の仕事しかないでしょ！」

アーシャの目からぽろりと涙が落ちた。女優のような綺麗な涙ではない。子どものように顔をくしゃりと歪めた涙だった。

それを見た途端、リグラスの時も息も止まった。

アーシャは、良い娘の演技などかなぐり捨て食堂から走り出た。

戸口で心配そうなノルンが様子を見ている。

リグラスは呆然と立ち尽くしていた。


明くる日。

リグラスは図書館にいた。最古の職業、というものを調べた。

アーシャの言葉がぐるぐると頭の中を回る。

アーシャは言っていた。

女優になれないことも、素敵な人のお嫁さんになれないことも知っている、と。娼婦にしかなれないかもしれないことも。

アーシャがあのまま潰れかけた孤児院にいたなら、下手したらそうなっていたのかもしれない。保護する者がいないのだから。

それでも、そんな悲しいことを言ってほしくなかった。だが、言わせたのはリグラスだろう。

家に帰ると、ユルドに痛ましげな目で見られた。

「余計なことかもしれませんが、ノルンさんがアーシャが学校に行きたかった理由を聞き出してくれました」

「なんて？」

リグラスは素直に尋ねた。反発する気力もなかったからだ。

「アーシャは学校の授業が受けたいというより、他の生徒たちの話を聞いたり学園の雰囲気を体験したりしたかったみたいですよ」

「授業より、か？　生徒の話なんてさほどの価値もないだろう」

思いがけないことを聞かされ、リグラスは内心、戸惑った。

「アーシャにとって、耳から入ってくる情報は大事なんですよ。孤児院でも、院長先生や孤児院の仲間やセルバさんや出入りの業者やいろんな人の話を熱心に聞き込んでいたんです。それで、たくさんの人の話し方や声を聞いて、姿はぼんやりしか見えなくてもどんな人かを想像するんです」

「そうか……」

リグラスは人間観察が俳優として大切だということを思い出していた。貴族、庶民、あらゆる職業、さまざまな立場を持つ人々を演じるときに、単に想像するよりも写実的に表現するために。

「それから、王立学園は立派だと聞いていたので行ってみたかったんですね。よく見えないまでも大きな建物だということくらいはわかるし、太い柱とか高い天井とか広い園庭とか、そういうのを体験して生徒として歩いてみたかったみたいです」

「わかった……」

「でも現実として王立学園の勉強についていくのが難しいことはアーシャはわかっていますし。私は国立学園に高等部まで通いましたけど、貴族の学生の中には気に食わない平民や下位貴族を身勝手にいじめる者もいると知ってます。ノルンさんも知ってますので、そのことは話したそうですから、アーシャはここで学校に通うのは大変だと理解したと思います。王立学園はもっと学生たちがきついと聞きますからね」

「そうなのか?」

リグラスは思わぬ話に尋ね返した。

「知らなかったんですか? まぁ、元王子殿下は王立学園で嫌な思いをすることはなかったでしょうけれどね。国立学園はまだ良かったほうです。性悪の令息にとって、立場の弱い令嬢は絡まれても何も言えないから良いカモでした。運悪く目をつけられたら大変です。ご令嬢たちにも意地の悪い子はいますし。そんな中でアーシャが嫌な思いをしないか、ちょっと心配ではありました。家庭教師ならその点、教師を選べば楽しく学べるでしょう」

「そうだな……」

リグラスは、自分の知らない世界を垣間見たような気がした。

この日。アーシャは刺繍をしていた。アーシャの視力では難しいのだが、拡大鏡を使って少しずつ布に糸を刺す。

リグラスが様子を見ていると、拡大鏡を固定している本立てに問題があるようだ。すぐに拡大鏡の重みで傾いてしまう。

(専用の台をなんとかしよう)

アーシャの拡大鏡はただで得たものではなく、アーシャが手伝いをして院長に買ってもらった。朝は誰よりも早く起きて園の畑の水やりをしたのだ。

孤児院では刺繍入りのハンカチを売っていたが、アーシャも刺していた。アーシャは仕上げるのがどうしても遅いが、その代わり図案を描くのが上手かった。

そのことをリグラスは、アーシャとノルンの会話を盗み聞きして知った。

のちに、アーシャの刺繍したハンカチをリグラスも見せてもらったが、一風変わった個性的な図案でとても美しかった。よく売れたのだという。

アーシャは「頭の中で美しいものを想像するのよ」と楽しげに話していた。

「アーシャ」

リグラスは、傾いた拡大鏡を直すのに手を止めたアーシャに声をかけた。

「はい」

アーシャは気まずそうに綺麗な瞳を揺らしながら顔をあげた。

「この世で最も古い職業は、娼婦じゃないと思う。きっと、最古の職業は狩人だ」

リグラスがいきなり言うとアーシャは目を瞬かせた。

「最古の職業ということは、その当時は村や集落があったとしても、まだしっかりしたものではなかった頃だろう？　生活は何かと大変だったと思わないか。それなら、その頃に娼婦がいたなんて不自然だ。そんな古くからあった仕事なんて、きっと狩人だよ」

リグラスが説明をすると、アーシャは戸惑いながらも考えた。

リグラスは、アーシャが店の配達人の戯れ言を小耳に挟んで言っただけの話を覚えていて、わざわざ考えていたらしい。

リグラスの話は辻褄が合っているように思われた。

だからと言って、正解か否かなどアーシャは知らない。それに、アーシャが言いたかった要点はそこではない。

「そう、かもね」

アーシャは渋々答えておいた。

「徐々に村は大きく組織的になっていっただろう。そうしたら人は、きっと村の歴史を残そうとしただろう。それはかなり重要な仕事だと思わないか。子孫に自分たちの足跡を残したいと思うのは、豊かになってきたらまず思うことだ」

「そう、かしら……」

「世界中に神話や伝説が残されているのが証拠だ。まだ文字がなかったころ、語り部は膨大な歴史の物語を覚えていたんだ。すごい情報量で、文字に頼る今の人間には信じがたいほどだ。語り部の幾人かは、それらを歌にして覚え込んでいたんだ。私は、それが劇の起源だと思う。アーシャ。だから、最古の職業に就きたいのなら、俳優だっていいだろ」

アーシャは呆気にとられてリグラスを見た。

「だって、私は……」

「私がそのうち、アーシャに演じられる劇を企画してあげる。アーシャは衣装のデザインもきっと上手いだろう。どうだ？　やりたいと思う？」

アーシャは目を見開きすぎてこぼれそうなほどだ。

「でも、できない、かも」

アーシャは刺繍のことも傾いた拡大鏡のことも忘れて、自分が舞台に立つ姿を思い浮かべてみた。上手く想像することなどできなかった。自信は欠片も湧いてこなかった。

「それでもやってみたらいい。どうしてもだめなら仕方ない。私がよぼよぼになったら介護してくれてもいいし」

「介護してほしかったの？　ラス」

アーシャは思わず顔を上げた。

「……そういうわけじゃないけど。たとえばの話だ」

リグラスはうっかり変なことを言ってしまったと後悔したが、口から出た言葉は取り返せない。

「舞台はできるかわからないけど。衣装は考えてみたいわ」

アーシャはおずおずと答えた。

「ああ、やったらいい。それから、アーシャとお出かけもしよう。劇も観に行こう。私が準主役を務める公演もあるんだ」

「観に行っていいの？」

アーシャの声が弾んだ。アーシャの視力では大して観ることはできないとしても、生の声が聞ける。音楽や舞台の音が聞ける。

「もちろんだよ。王立劇場と、それから、東部にある大劇場では音楽祭が中心に行われている。流れの一座がよく面白い歌劇をする小さな劇場もある。アーシャには家庭教師だけでなく、楽器の講師も呼ぶ予定だ。何が習いたい？　竪琴なら私も少しだけ弾ける」

「竪琴！」

可愛らしい歓声があがる。

リグラスは、学園のことも調べていた。

王立学園はたちの悪い貴族がいたら危険だから通わせる気はないが、私立の女学園ならいけるかもしれない。ただ、ノルンが言うには、いじめ事件が起きた女学園もあるらしいからよく調べてからになる。今は言わないほうがいいだろう。

「ラス！　私、介護頑張るわ！」

アーシャが久しぶりに明るい声を出し、居間の外から「ぷはっ」と、誰かが吹き出したような音が聞こえた。

アーシャが夕食の用意を手伝うために台所に引き上げた後、居間に入ってきたユルドは満面の笑みをリグラスに向けた。

「人の話を立ち聞きしたな……」

リグラスはユルドを睨んだ。

「爆笑を抑えるのが大変でしたよ。私よりコメディの才能がおありで」

「やめろ」

「介護を期待してたんですか。私はてっきり将来の嫁候補だと……」

「なんてことを言う！　人が純粋な気持ちで孤児を引き取ったというのに！」

「はいはい。確かに事情が事情でしたけど。リグラスさんが片思いしてこっぴどく振られた看板女優と同じ亜麻色の髪の子ですからねぇ。もちろん、そんなこと言ったら国王陛下は推薦状をくれなかったかもしれませんよね」

「だから、やめろ」

ついでに初恋の王妃とも同じ亜麻色の髪であることは極秘だろう。兄は絶対、推薦状を書かなかったはずだ。

「アーシャは、リグラスさんのことを中年過ぎのおっさんだと思ってますよ、きっと。あの子はリグラスさんの年齢も元王子だったことも、知らないんですからね」

「な、なんだって！」

リグラスはカップを落としそうになった。

「リグラスさん、だって、アーシャに何も言ってないでしょ」

「そういえばそうだが……私はそれ以前に何度も孤児院に行ってる」

「私は、セルバさんには、王立劇場所属の有名俳優が慰問に行きますとは説明しましたけど、元王子だとか、年齢だとかは必要ないので言ってませんよ。セルバさんは名前を聞けばだいたいわかったでしょうけど。噂で得た知識を子どもたちに言うような人ではないですからね」

「だが、声を聞けば……」

「俳優は年取っても声が若いというのは知られた常識ですよ。孤児院の寸劇では少年の役から渋い騎士団長の役までやってたじゃないですか。介護まで頼んじゃうし」

「遠い未来の話だ……」

「養い親と子の関係ですしねぇ。アーシャが成人したとしても、迂闊に言い寄ったら、陛下が『そんな不埒な目的で養子にしたのか！』とか怒りそうですし」

「不埒な目的などない！」

「はいはい」

「ユルド。私は、出世して企画も任せられる俳優になれると思うか」

リグラスが急に真面目な顔になった。

「そりゃ頑張りしだいでしょうね」

「才能の話を聞いている！」

「まぁ、リグラスさんは監督業もいけるかなって孤児院の寸劇のあれこれ見て思いましたけど。それより、また盗み聞きに行かないんですか？」

ユルドがにんまりと笑う。

「盗み聞きではない！　親として生活の様子を調べただけだ！」

「はいはい」

ユルドはさっさと立ち上がり、リグラスも渋々後に続いた。

台所ではふたりの会話が盛り上がっていた。

「それでね、私、ラスの介護をやるのに勉強しておこうと思って」

アーシャの声だ。

「そう、それは良いことね」

ノルンの声は抑えた笑いがこもっている。

リグラスは呆然とし、ユルドが必死に爆笑を堪えている。

「私、ラスのお嫁さんが来なかったら、ずっとそばにいてあげるの」

「リグラス様もお喜びね。リグラス様は見た目は軽薄なボンボンだけど、とても良い方だと思うわよ」

ノルンがオーブンからパンを取り出しながら朗らかに言う。

ノルンはそんな風に思っていたのか、とリグラスは再度、呆然とする。

「え？　ラスって、見た目そんななの？」

アーシャが鍋をかき回す手を思わず止めた。

「いえ、まぁ、その……」

「でも、いいわ。私、ラスの見た目に惚れたわけじゃないもの。中身に惚れたのよ」

アーシャはなぜか自慢げだ。

「あら、まぁ、お熱いこと」

ノルンが楽しそうに答えている。

リグラスは、図らずもノルンの「お熱い」の意味がわかったような気がした。やけに頬が火照って熱い。

「ノルンさん、ねぇ、ボンボンって、薄毛ってこと？」

「ホホホホホ。それは、リグラス様に訊いてみたらいいわ」

「えー。かわいそうで訊けない」

「ホホホ」

リグラスはなんの因果か自慢の美貌が効かない相手を好きになってしまったのだが、このときはその自覚もないままに、笑いを堪えすぎて過呼吸を起こしかけているユルドを睨んでいた。

青銀の花が舞う

ソライエ帝国から瀟洒《しょうしゃ》な書状が届いた。

紅色に金や銀の縁模様があしらわれた封筒はいかにも吉事を表している。ローレンはすでに内容がわかったような気がしたが封を開けて見た。

「ナナベル皇女の結婚式。招待状が届いたよ」

「行きます！」

ユリアが興奮気味に即答し、ローレンは妻の様子に苦笑した。

「もちろんだよ。ユリアはソライエ帝国は初めてだね」

「外交以外で外国に行ったことがないんだもの」

ユリアは肩をすくめた。その外交で行ったのも今のところドリスタ王国だけだ。

「ソライエ帝国は超大国だからね。なかなか見所があるよ。都市作りにもかける技術と金が違う。見習いたいところだが、まぁ国力が違いすぎるからね。ただ、古い町並みは我が国のほうが、趣があると思うよ」

ローレンがさりげなくお国自慢を呟く。

「楽しみだわ！」

「まだ三か月も先だけれどね。ゆったりとした日程で行けるように調整してもらってる」

「そうね、『水葵《みずあおい》』の件もあるし……」

「ちょっと待った！　ユリア！　水葵の件って、どこからそれを……」

ローレンは焦ってユリアの腕を摑んだ。

「どこって……。レンも知ってるんでしょ？　ナナベルからお手紙もらってたし。大事な魔草が消えかけてるとかって」

「あぁ……ユリアはナナベル皇女とは親交があったね……。そこからか」

ローレンはぐったりとソファの背にもたれると額に手を当てた。

ナナベル皇女は留学を終えたのちも、長期休暇のおりには婚約者に会いにマリアデアを訪問していた。その際にユリアと親しくなっていた。手紙のやり取りをしていることはローレンも知っていた。

「レン！　まさかもしかして、私に秘密にしようなんて思ってないわよね」

ユリアは夫を睨んだ。

「観光や外交以外に超大国でやることじゃないだろう……」

ローレンがなぜか物憂い顔をしている。

「外交にはなるんじゃない？　あちらは困ってるみたいだし」

「レミアスから相談は受けてるが、まだ詳しくは聞けてない。『消えかけてる』というのは大袈裟だろう。その村が危険なことだけは調べてわかってるんだ」

「そんなに気が進まない？」

ユリアは夫の深刻そうな様子に眉をひそめた。

「妻を危険地帯にわざわざ送りたくない。それに、少々微妙な側面があるんだ。レミアスのその悩める場所がね」

「悩める場所？　小さい村だそうね。ナナベルの手紙にはあったわ」

「そうだ。ソライエ帝国が肥大化していた年代はもう五百年も前だろう。その後も侵略とかではなく傘下に入りたいという小国側からの要望でちらほらと領土は増えていた。最後にソライエ帝国の領地となったのがアルンセン領だった」

　ユリアはローレンが語る歴史のおさらいのような話に耳を傾ける。王妃として学んだ中でも聞いたはずだがアルンセンという名はもう記憶が消えかけていた。

「当時のソライエ帝国は、アルンセン領みたいな閉鎖的で排他的な領は欲しくなかったらしい。だが、時の領主が賢明で、隣の独裁国家に攻め滅ぼされるよりも帝国の庇護下に入りたかったので策を巡らせ条約を結んだ、というのが経緯のようだ」

「ちょっと訳ありの領地なのね」

　ナナベルの手紙にはそこまでは書いてなかった、とユリアは思い返す。

　ただ、とても不便な村とはあった。

「そういうこと。でも一応、帝国の領地だからね。今では情勢も変わって、アルンセン領は隣国との緩衝地帯の役目も担っているようだし。それで、中でもことに閉鎖的なルシュカ村で、村民にとっては命よりも大事という薬草があって……」

「それが水葵ね」

ユリアがうんうん、と頷く。

「どういう薬草か、ナナベル姫はユリアに伝えたんだね」

「毒蛾の解毒剤になるとあったわ。でも『村人にとっては何よりも貴重』というのは疑問に思ったのだけど。毒蛾の毒は、死ぬほどの症状はないみたいだから」

「いや、それが、なんでも、その毒蛾の毒というのが『死んだほうがマシなくらい痒い』らしいんだよ」

ローレンは微妙な表情でそう答えた。


三か月後。

ローレンとユリアは結婚式に列席するためにソライエ帝国に向かった。

ソライエ帝国まで馬車なら十日以上はかかる距離だ。だが、高速の魔導船や、ソライエ帝国が寄越した魔導車を使うことで四日に短縮された。昼夜を問わず走り進む魔導車や船は速かった。

ふたりは乗り心地の良い船や車の旅を楽しんだ。

ローレンは乗り心地の良すぎる船や車の中で側近に執務をやらされ、快適なのも善し悪しね、とユリアは他人事のように思った。

ようやく三時のおやつ休憩となった。船室で川辺の景色を見ながらお茶をいただく。

「レミアス殿下はご結婚はまだなのね」

ユリアはレミアスがマリアデア王国に婚約者探しも兼ねて留学していたことを思い出していた。

「そうだね。なかなかお眼鏡にかなう令嬢がいないらしい」

「やっぱり魔道士がいいの？」

「聖魔法持ちとかが理想らしい」

「聖魔法持ち……。それって確か。リグラス王子の恋人？」

ユリアはレーナという男爵令嬢に関しては結局、姿も見なかったが聖魔法属性持ちであることは知っていた。

「うん。一応、彼女のことを教えた。マリアデアにひとりいたのだから教えないわけにもいかない。でも、彼女の魔力量とか、成績とか、家柄とか、リグラスの愛人だったこととかも教えたら速効でボツになってた」

ローレンがあっさりと答えた。

「そ、そうなのね」

「そりゃ、聖魔法持ち以外の点が軒並み底辺以下だから、無理だな」

「底辺以下なんだ……」

リグラス王子は底辺以下の子を王妃にしようとしてたのね、とユリアは今更ながら思った。

「レミアスの婚約者の最有力候補はユリアだったんだよ」

ローレンが嫌な顔をする。

「王子の婚約者がいた時点で有力じゃなくなってる気がするけど？」

「それはそうだけど。ユリアの写真も気に入ってたとか聞いたんだ！」

なぜかローレンの機嫌が悪化し始めた。

「えぇ……そんなの気のせいじゃない？」

「気のせいでそんな情報が漏れてくるはずないよ。ったく」

「レン、それはもうとっくに過ぎたことだし。あのねそれより、痒み止めの薬草の件は、私やっぱり現地に行ってみたいんだけど……」

ユリアは慌てて話題を変えた。

「駄目だ」

ローレンはけんもほろろに拒絶した。

「えぇー」

「当たり前だろう。何が『えー』だ。許すはずがない。私は一緒にいられないし。アルセニーとそんなに離れるのも嫌じゃないのかい」

ローレンは眉間に皺を寄せ、いつもの穏やかな「国王の社交顔」はどこかに消え失せている。

ユリアは国で留守番をしているアルセニーを想った。

国王夫妻と跡継ぎの王子と三人で何かあってはならないので、こういう時は一緒ではない。もしも現地に行くとしたら長く会えなくなる。

多忙な国王のローレンは日程的にも無理だが、危険地帯にあたるルシュカ村には行かないほうがいい。ユリアは元からひとりで行くつもりだった。

「私は防犯のために王家の宝物を持たせてもらってるし。レミアス殿下が、協力してくれるなら防御用の魔導具を用意するって言ってくれてるでしょ」

「そうだとしても、私は反対だ」

ローレンはもう話は終わりだというようにきっぱりと答えた。

ユリアはそっと溢れそうになるため息を飲み込んだ。

（謎解き以上にレンの説得のほうが困難かも……）

ソライエ帝国のレミアス皇太子は、ユリアに読んでほしいと資料を送ってきた。

レミアスはユリアが植物に関して詳しいと知っていた。

資料によると、アルンセン領ルシュカ村には固有の魔草「水葵」という多年草の薬草が繁殖していた。

「水葵」は水色の可憐な花をつける。名の由来だ。導管液に強力な抗炎症作用がある。これがヨルム蛾という毒蛾にやられた時の特効薬となる。

水葵がヨルム蛾の毒の症状を癒やす詳細は解明できていないが、おそらく水葵の有効成分にはヨルム蛾の毒の解毒作用もある。

痒みが酷すぎて普通の痒み止めではまるで効き目のない八方塞がりの毒に、唯一効くのが水葵だった。

ヨルム蛾は、見た目は綺麗な蛾だ。青銀色の絹のような羽でふわふわと舞う様はまるで月の妖精のようだ。

だが、その美しさに惹かれて近づき羽の鱗粉を浴びたら酷い目に遭う。ヨルム蛾の鱗粉は毒なのだ。

それも猛烈な痒みを伴う毒だ。

資料には村での凄惨な実話がいくつも載っていた。

『水葵以外のどんな薬も効かず』

『皮膚が剝けるまで掻き毟《むし》っても痒みは消えない』

『延々と昼夜を問わず強烈な痒みが続く』

『掻き毟りすぎて骨の見えた足を切り落とした木こり』

『夜も眠れず衰弱死した子ども』

『精神を病んで崖から飛び降りた娘』

水葵があまり採れなかった時期には悲劇が相次いだ。

「これは、ただ事じゃないわ」

ユリアは読み返した資料を卓の上にぱさりと置いた。

「だが、毒蛾はずいぶん減っているともあった」

ローレンは険しい顔で指摘する。

ユリアを危険な蛾の生息する村になど行かせたくなかった。


ナナベル姫の結婚式は大国だけあって豪華だった。

数百年の時を経た石造りの教会は繊細な古代の彫刻で一面飾られていた。

花嫁は見事なレースのベールを纏い、凛々しい花婿ととてもお似合いだ。幸福な絵のようなふたりに誰もが見惚れた。

披露宴でローレンとユリアは皇族たちに挨拶をした。気のせいか、他の招待客よりも丁寧に接してもらっている気がする。

宴の終わり頃、レミアス殿下に誘われてローレンとユリアは休憩室に入った。

「ローレン。協力をしてくれる気になったか」

レミアスにどこか不安そうに問われてローレンは愛想良く微笑んだ。

「残念ながら、日程的に無理が……」

「レン。お願い。少しでいいから調査に行かせて」

ローレンが答え始めたところでユリアは思わず口を挟んだ。

「ユリア。もう話は決まっていただろう」

ローレンが笑顔を消して首を振る。

ふたりの会話にレミアスが苦笑した。

「そうなると思って用意しておいたよ。我が国の英知を結集させて作らせた防御の魔導具だ。ヨルム蛾の鱗粉を防げることは試験済みだ」

レミアスは黒光りする魔導具を掌に乗せてみせた。

そう大きくはないが、ずっしりと重そうに見えた。

「……それを村に配ったらどうだ」

ローレンが思わず呟く。

「白金貨三十枚の魔導具を村人全員に配るのは無理だな。それに、せいぜいひと月しかもたないんだ」

レミアスは本当に残念そうに眉を寄せた。

白金貨一枚あれば平均的な四人家族が一か月は暮らせる。

「なるほど。それは無理だな」

調査用がせいぜいだろう、とローレンは納得した。

「調査はひと月もかからない。ユリア妃が活躍してくれてる間はもっ」

「だから、その話は……」

「レン。安全に調査ができるのなら、私は協力したいの。このまま何もしないで帰っても気になって仕方ないもの」

「はぁ……ユリア」

ローレンは思わず頭を抱えた。

「ソライエ帝国は、情けないことに植物学関連では専門家が手薄なんだ。昔から『泥臭い』と言って敬遠されていた分野だ。外国から招致しようとしたが失敗した」

レミアスが苦い顔をする。

「その話は聞いたことがあるな。ドリスタ王国から招いた専門家を虐げたとか。約束していた好待遇もまるでなかったとか」

ローレンがあからさまに言う。

ユリアも聞いたことがあった。超大国であるソライエ帝国のお偉方たちは、王国の研究者を格下の者と見下したという話だった。

「すっかり有名な話になってるよな……。もうドリスタ王国からは来てくれないし、他の国からも避けられてしまった。当時の担当者にはきつい灸を据えてやったんだが……。おかげでこういう時に困ってる」

レミアスはすっかり気落ちした様子だ。大国の皇太子が、小さな村のために心を砕いていることにローレンはうっかり共感してしまった。

結局、ローレンはふたりの説得に負けてユリアの調査協力を許した。


二日後。

ユリアたち調査団一行はアルンセン領ルシュカ村に向かった。

この二日間で、準備とともに現地で注意すべき点の確認や打ち合わせが行われた。

ユリアの護衛の攻撃力まで確かめられた。

ヨルム蛾は炎撃がよく効くという。ただ、遠隔攻撃ができるくらいの魔力持ちでないと鱗粉にやられる。ユリアの護衛に付くエディオとサキは魔力が十分に高かったため戦力として認められた。

現地の村人たちはどうやっているのかとユリアは気になった。高魔力持ちはそう多くはないのだ。

「村の狩人たちは火矢の達人揃いだそうだ」

とレミアスは教えてくれた。

マリアデア王国側の人員は、ユリアと護衛のサキとエディオ。サキは女性の騎士で、エディオは騎士団長の子息でまだ若いが剣術大会優勝の腕前。帝国側からは調査員と護衛、従者、それにレミアスも同行していた。

「なんと、皇太子殿下がご一緒ですか……」

ユリアは「良いのか帝国の皇太子が……」という言葉はかろうじて飲み込んだが、顔にはありありと不信感が出てしまっていた。

「大事な隣国の王妃が調査協力してくれるのに当事国の皇子がのうのうとしてられないよ」

レミアスがにこりと微笑む。

この皇太子は美男だ。艶やかな黒髪に魅惑的な深緑の瞳をしている。おまけに人当たりは良く責任感もある。きっともてるだろう。

帝国の魔導車で移動なので快適だった。道は帝都から離れるに従って悪路となるが、それでも足回りに工夫があるのか乗り心地が良い。こういうさりげない技術力に触れるたびに超大国なのだと思う。

車窓の景色は雄大で見応えがあった。延々と連なる山麓が遠くに見え、その手前に広がる森は青黒いところを見ると魔獣のいる森かもしれない。

皇太子とユリアがいるからか野宿などはなく、夜間は宿か、あるいは整った宿がないところでは村長宅に泊まった。

旅は順調でユリアはレミアスとも打ち解け、互いに休憩のおりには名前呼びで話すくらいには親しくなった。ユリアとしては大国の皇太子を名前呼びは抵抗があったのだが、「同じ調査仲間じゃないか」と言われ、そう言われれば「殿下」といちいちつけるのも面倒なのでつい流されてしまった。

そんな旅が五日目に入った昼前に目的地のルシュカ村に到着した。

ルシュカ村はなるほど確かに不便な村だった。一番近い町から三時間も魔導車を走らせてようやく着いた。

（青黒い魔獣の森が近いわ）

森の木々は、瘴気や魔素が濃いと青黒くなる。そういう森は貴重な薬草や魔草が多く採れるが、魔獣も多く生息している。

川辺の疎らな林を片手に、もう片側は荒れた草地の向こうに森が広がる。木々の間を縫うでこぼこ道を進んで村に入った。

木造の小さな家が建ち並ぶ。真ん中に広場があるのはよく見かける村の作りだ。大きな村ではない。手入れのされた家に清潔に保たれた道と綺麗に地面がならされた広場に、良い村だなという印象を持った。ただ、村人の姿が少ない。男性たちは昼間は仕事に行っているのだろうと思うが、女性や子どもたちの姿もない。

ヨルム蛾の生態は不明な点が多く、いつ襲ってくるか規則性がなくわからないと資料にあった。村の中で子どもたちが遊んだり女性たちがのんびり立ち話もできないのかもしれない。

集会場と思しき小屋が見える。ユリアがその小屋を集会場と推測したのは小屋に大きな看板があったからだ。魔導車が近づくと、推測は当たらずとも遠からずだった。看板には「ルシュカ村自警団」と書かれていた。

魔導車は小屋の前に停まった。

（お出迎えがないのね）

そう思ったのはユリアだけではないらしく、レミアスの側近が、

「村長には今日、到着することは伝えてあるのですが」

と無表情ながらもあきれた声音でぼやいた。

「申し訳ありません」

強ばった顔で謝罪をしたのはランゼ・アルンセンという淡い金髪に琥珀の目をした青年だ。長身だが細身で、ユリアは密かに「ちょっと可愛い」と彼を評している。ユリアには弟や妹はいないが、もしも弟がいたらこんな感じかな、と思う。

ランゼはアルンセン領の領主家の次男だ。領主家に立ち寄った際に同行することになった。領主はアルンセン伯だ。ここは国境の領地なので辺境伯の称号を賜っている。厳つい領主は寡黙ながら気遣いの人、という印象だった。

「そういう村らしいからな。気にするな」

レミアスは平気な顔でランゼを宥めた。

ユリアは、ルシュカ村は閉鎖的かつ排他的だとナナベルからの手紙でも知らされていた。『よそ者とは口もきかないような村らしいわ』と。

閑散とした村だった。時折、村人を見かけるが、そそくさと立ち去っていく。

皇太子の従者が村長家に走り、ようやく老いた村長らしき男性が姿を現した。幾人か年配の男性を従えている。村の役付きのようだ。

「これはこれは皇太子殿下。ようこそこのような辺鄙《へんぴ》な村へ」

村長がへりくだって頭を下げ、後ろの役付きたちも形ばかりのお辞儀をする。

ユリアは、どうも雰囲気が良くない気がしてならない。村長はともかく、後ろの男たちの目つきが悪い。

レミアスは場の雰囲気を物ともせずにいつもどおりだった。

「村の護りでは苦労をかけている、ルシュカ村長。水葵の調査に来た。こちらはマリアデア王国王妃であらせられる植物を専門に研究されているユリア殿下だ」

「マリアデア王国の……これは遠路はるばる我が村のためにありがとうございます」

「いいえ、そんなお気になさらず。お隣さんですから。ぜひ協力させてください」

村長の挨拶をユリアは思わず止めた。

「ハハ、お隣さんですか、気さくでおられる」

村長が頬笑んで、場は少し和んだ。

村長に案内されて村長家に向かった。

村長家は他の家々と変わらない素朴な作りだが、広さはあった。

一行は応接間に通された。小さな村の村長家であることを思えば狭くはないのだが、なにしろ人数が多いので混んでいる。

皇太子とユリア、それに少し離れてランゼが上座側に座り、正面には村長が座った。護衛と従者が後ろに立ち、村長の後ろには役付きたちが並んでいる。

「その後、薬草の様子はどうだ」

皇太子は毒味済みの茶を飲むと村長に尋ねた。

「それが……水葵が減る具合はなんとか食い止められていると思うのですが、なにしろ、減ったまま増えないので困っております。ヨルム蛾にやられた村人に十分に行き渡らないのです」

村長は辛そうに目を伏せた。

「そうか……。では調査のほうを……」

と言いかけたレミアスの言葉を村長の後ろに立つ役付きの声が止めた。

「それは、アルンセン領の領兵たちをまずは問い詰めるべきと思われます！」

一瞬、場が凍り付いたように固まった。

領主の子息ランゼは顔を怒りで赤く染め男を睨んでいる。言い返すのを我慢しているのが見て取れ、ユリアは見ていてはらはらした。

皇太子の言葉を遮るという無礼はまずは置いておくにしても、役付きの男の言葉は、つまりアルンセンの領兵がまるで犯人だと疑っているようだ。

「それはどういう意味だ」

レミアスは目を細めて役付きを見た。

「彼らが村の周りをうろつき始めてから水葵は激減しております！」

「トニオ！　止めんかっ！」

村長は怒鳴るが、トニオと呼ばれた男は怯まなかった。

「水葵は繊細な魔草です。踏み荒らされでもしたら簡単に群生地が消えてしまう！」

「彼らはそんなことはしていない！　村の者も同行していたのだぞ。水葵の重要性は領の者は知っている。村人でなくともな」

村長は諭すが、最後まで彼らの態度は不遜なままだった。

その後はなんとか、役付きたちを黙らせて打ち合わせを終え、皇太子らは用意された客間に引き上げた。

客間に落ち着いて間もなく、ユリアのもとに皇太子がやってきた。

ユリアがじっとりとした目でレミアスを見ると、レミアスは気まずそうに頭を下げた。

「すまなかった」

大国の皇太子が頭を下げたのだ。さすがにユリアは表情を緩めて椅子を勧めた。

「わざと事情を隠しましたね？」

「話したら来てもらえなかっただろう」

レミアスは力なく答えた。

「私はどちらにしろ来ましたけど。レンの説得はさらに難しくなっていたと思います」

ユリアは苦笑した。だから、結局はこれで良かったのだろう。

「ローレンは愛妻家だからな」

レミアスが遠い目をする。

「過保護とも言います。でも、ちゃんと事情を説明してもらえませんか。先ほどのやり取りでおおよそわかりましたけど、知っておいたほうがいいと思いますから」

「わかった」

レミアスの話は、やはり察したとおりだった。

昨今、ルシュカ村のヨルム蛾が増え、被害に遭う村民が多くいた。それに伴い、アルンセン領に助けを求めようという声が上がっていた。だが、村の問題は村で解決しようという昔ながらの考えに固執する者も少なからずいた。

孫娘がやられたことで村長はとうとう決断し、領に支援要請をした。領主は村長の要請に応じ、領兵たちがやってきた。増えていたヨルム蛾を炎魔法が撃てる攻撃用魔導具や炎を纏った剣で燃やし数を減らした。

ところが、大がかりなヨルム蛾退治をしたあと、大事な水葵の群生がひとつ消えていた。

元々、領兵が来るのを反対していた役付きや村人たちが「領兵のせいだ」と文句を言い出した。それに対して、村長らは「村の案内人も一緒だったが、領兵らはそんなことはしていない」と答え、村は紛糾していた。

ユリアは一連の話を聞いて訝しく思った。

「そもそも、どうしてそんなに領兵たちが来ることを嫌がるんですか。村は領に税を納めてるのですから、こういう時は頼るのが普通ですよね」

「そうだ。国に頼ってくれてもいい。だが、ルシュカ村ではそうではないんだな。村人たちは、町への道の整備とか、災害時の支援物資とか、そういうのをやってもらえればそれでいいという」

「謙虚ですね」

ユリアは褒め言葉を口にしながらも腑に落ちない。

「排他的なんだよ。領兵が入り込むのは嫌なんだ。以前から村の狩人と領兵たちと上手くいってなかったのもある。縄張り争いでね」

レミアスは苦笑いをしながら教えた。

「縄張りですか？　もしかして、狩り場の？」

「そうだ。比較的簡単に狩れて良い金になる獲物というのは人気だからね。アルンセン領の領兵の中には、臨時雇いの兵もいる。普段は狩人をやっていて、領兵の仕事が増えるときに雇われるという者もいるんだ。それに、領兵の仕事として周りの森で魔獣の間引きをすることもある。それで、縄張り争いをしていたわけだよ」

「そんな理由……まぁ、当事者の皆さんにしてみれば大事なんでしょうけど」

ユリアは思わず肩を落とした。

「そうだな。大事は大事なんだが。今回の件は、領主に助けを求めようと声をあげたのは多くは村の女性たちだった。ヨルム蛾の鱗粉は、特にやられるのは顔と手だ。女性にとっては顔がボロボロになるヨルム蛾ほど嫌なものはない」

「領兵のひとたちが水葵を荒らしたというのは、えん罪なんですよね？」

「それははっきりしている」と、レミアスは頷く。「領兵たちは幾つかの班に分かれてヨルム蛾の討伐に当たったが、各班には村の案内がついていた。どの班も水葵の群生が見えるところには行っていない。近くを通りすぎたくらいだと証言を得ている。領兵たちは危険な仕事を終えて帰った。それから数日して水葵の群生が枯れているのが見つかったんだが、毎日見に行っていたわけではないのでいつから駄目になっていたかなどわかりはしないと村長は話している」

「駄目になった群生地を調べてはみたんですね」

「当然、調べられた。ただ群生は枯れていて、どうして枯れたのかはわかっていない。だから、領兵のせいにしやすかった。閉鎖的すぎる村の弊害だな。原因のわからない災厄をよそ者の責として押しつけるのだ」

レミアスは残念そうに肩をすくめた。

「領兵たちが気の毒だわ」

「全くだ。非常識な村人ばかりではないんだが、声の大きい者が声高に騒ぐので目立っている」

「私も枯れた群生地を見てみたいです」

「ああ。明日、案内をさせよう。暗くなるとヨルム蛾の動きが活発になるので、この村では日が暮れたら誰も家の外には出ない。今夜はゆっくり休んでくれ」

「わかりました」

ユリアは密かに拳を握りしめた。

(水葵が枯れた原因がわかれば、領兵たちの疑いが晴れるわ。なんだか、責任重大になっちゃったけど)

アルンセン領とルシュカ村との仲違いまでもが水葵の調査にかかっているとは想定外だったが、やることは同じだ。


レミアスや村長らとの夕食後。

ユリアは自分で荷物の整理をした。

ローレンは侍女を同行させようとしたが、ユリアは頑なに断った。ヨルム蛾の鱗粉に侍女がやられたらかわいそうだからだ。自分は研究のために好きで危険な村に来たのだ。侍女の顔に毒がついたら、ユリアは一生後悔するから、とローレンに告げた。

代わりに付いてくれたのがサキだ。綺麗な赤毛に金色の瞳でとても格好良い女性だ。背が高く素晴らしくめりはりのある身体をしている。

サキは「侍女としても働きます」と朗らかに言ってくれたが、ユリアはやんわりと「大丈夫だから」と断った。女性騎士としての任務を遂行してくれるだけで十分だし、ユリアが思うにサキは脳筋だ。侍女の仕事は無理と判断した。それにユリアは自分の面倒は自分でみられる。

鞄の底から幾つかの薬を取り出す。

(もしも村の人が使ってくれそうだったら渡そうと思ったんだけど……)

傷跡を目立たなくする薬だ。

(まずは様子を見てからね)

明日のために早めに床についた。


村の朝は早い。ユリアも早々に目が覚めた。

今日は枯れたという水葵の群生地を調査したのち、まだ無事な水葵も調べる予定だ。

その前に、村の人々にどのような調査をするのか説明もしておく。そうでないと、また誤解されて要らぬ疑いを持たれる可能性がある。

（っていうか、ぜったい疑われる。なんか、村の人たち、疑心暗鬼の塊みたいになってるもの）

村長が設けてくれた説明会の会場に入ると調査団全員が並んだ。対して村の人たちは三役と自警団の面々、それに婦人会の人たちと薬師の人たちも参加している。見た目は賑わっているが、ルシュカ村の人は寡黙なので静かだ。

（さて、頑張って説明しなきゃ）

ユリアは拳を握り、そっと深呼吸をする。

「それでは、今日行われる現地調査の説明をマリアデア王国の王妃様が自ら行ってくださる」

村長が直々に紹介をしてくれた。

ユリアは村長の隣に立ち村人たちの様子をそっと窺う。

皆、どこか不安げだ。興味津々という目で見ている村人はごく僅かで、不審な視線も少なくない。

ユリアはまずは魔導具を手に取って皆に見せた。

「今回、調べますのは、まずは、魔草に含まれる魔力の魔法属性です。この魔導具を近づけるだけですので、魔草に影響はありません。魔草は、根や茎や花に魔力を持っていますが、部位によって魔力の魔法属性が異なります。根や葉の持つ魔法属性によってその魔草の弱点のようなものがわかります」

「弱点がわかったらどうするんだ」

不躾な質問が急にあがり、調査団の面々の顔が強ばる。

確かに礼儀という点では難ありだが、ユリアは頭ごなしに拒絶するのではなく調査内容に興味を持っているのは良いことだと思った。

「弱点がわかりましたら、もしかしたら、それが群生地が枯れた原因に関わるかもしれませんから」

ユリアが答えると、村人の幾人かは納得したように頷いた。

次いで、ユリアは皆に見えるように用意しておいた画帳を掲げる。

わかりやすいようにと思い、絵を描いてきた。

「例えばこれは、つい最近にマリアデアで起こったことです。流行病に効く大切な魔草が激減してしまい、その原因がわからず調査が行われました。そこで注目されたのは、その頃使われた除草剤によって厄介な雑草が始末されたことでした。もちろん、魔草には薬はかからないように注意されていました。ですが、わかったことは除草された蔦草は魔草の共生植物だったんです」

聞き慣れない言葉に「きょうせいしょくぶつ？」と口々に呟かれる。

「共生植物とは、つまりその植物がそばに生えていることで、他の植物の生育を助ける植物です。その共生植物があるおかげで、必要な養分が与えられたり、あるいはかかりやすい病気を防いだりするんです」

「そんなことがあるんですか」

質問というより独り言のように誰かが声をあげる。

「そうです。例えばマメ科の植物は、根に栄養を溜め込むことがわかっています。それから、ある病気に強い植物はいます。病気の原因を浄化する成分を植物自体が持っていることがあります。そういった植物の能力は、人間の想像以上に有益です」

「ほぉ」

感心したような声に励まされ、ユリアは説明を続けた。

「これはもちろん、単なる一例です。見ただけではわからないことを知るためにも、魔草の持っている魔力の特性や魔草の周りの環境、それから、枯れた魔草からわかる限りの痕跡なども調べて。その上で対策を講じていこうと思います」

ユリアが締めくくると、多くの村人が期待のこもった目を向けてくれた。

(わかってもらえたみたい。良かった)

安堵して脇に寄ろうとすると、会場から声があがった。

「だが、その魔導具が魔草に悪い影響を与えないとは限らないだろう。掘り返して根の魔力を測ると言っていたではないか」

声の主はトニオだった。あの言いがかりをつけていた役付きだ。

「根は、ほんの少しでも見えていれば測れますのでご心配は要りません。すっかり掘り返す必要はないですから」

ユリアはにこりと笑って答えた。

「だが、測るということは何らかの影響を与えるのだろう」

「僅かな魔力を当てることにはなりますが、本来、魔の森の空気中には僅かでも魔力があります。瘴気や魔力の漂う魔の森の魔草は、魔力に対して抵抗力を持っているものです。今回使う魔導具は、帝国製の高性能な魔導具ですから影響は本当に軽微です」

「だが、それでも影響はあるわけだ。そもそもそんなことをするよりも、領兵らを立ち入らせないようにすれば……」

「いい加減にしろ！　そんな難癖はこの貴重な説明会の場に相応しくない。子どもでももっと聞き分ける！　それは意見ではない、ただのデマと言いがかりだ。三役を降りるべきではないか」

村長は声を荒げた。

「三役を降りろだって！　横暴な！　そういう村長こそ、孫娘が蛾にやられてから腑抜けになりおって。村長を降りるべきではないか」

トニオは顔を真っ赤に染めて歪んだ形相で怒鳴った。

（この人、声が大きいわ）

ユリアは耳を塞ぎたくなった。

レミアスの言うとおり、声の大きい者が騒ぐので目立っている。体躯も大柄で、若い頃は活躍した人かもしれないが、今では頭の固すぎる偏屈な因業だ。

「大事に守られていた幼子さえも被害に遭うような村の状況だったがゆえに助けを求めたのだ。村人たちもそれを望んでいた。三役だからとお前の言うことを村に押しつけていたら状況は変わらん。調査団には調査に向かっていただく。もう決定していることだ。邪魔はせんでくれ」

村長は話は終わりと言うように手を振った。

トニオはまだ何やら叫んでいたが、若い男性らに促されて集会場から退席させられた。

それから村長から激励の言葉があり、説明会は終わった。

ユリアたちは会場から出るとすぐに案内を伴って森へ行くことになっていた。

ほとんどの村人たちは「よろしくお願いします」「お気をつけて」と声をかけてくれたが、遠巻きに睨むように見ている者もいる。

（うーん、めちゃ感じが悪い。まぁ、そういう予想はしてたからいいけど）

ユリアの護衛、サキとエディオの雰囲気が剣呑だ。

ふたりが心安らかにお仕事できるようにユリアはそっと声をかけた。

「気にしないほうがいいわよ。村長と殿下には悪いけど、ここは敵地と考えて頑張りましょ」

エディオが苦笑した。

「わかりました」

サキはまだ腹立たしい様子だがそれでも頷いてくれた。

「あいつらは敵ですね、了解です」

ちょっと言い方が不穏だなぁ、とは思ったが少しは剣呑さが減ったので良しとしよう。


ユリアたちはようやく出発をし、森の群生地を目指した。

ヨルム蛾の危険性はよくよく言い聞かされている。

ヨルム蛾の鱗粉の毒性は、蛾の羽から空気中に放たれると変質していく。そのため、鱗粉が付着した衣類はすぐに触れたりせずにおく。そうすれば丸一日くらいも経つと危険はほとんどなくなる。

森の中の危険は蛾だけではない。ここは魔獣がかなり多いほうだろう。護衛たちはひっきりなしに剣を振るっている。

この辺りの魔獣や動物は毛の密度が厚く皮膚が硬いらしいが、ヨルム蛾の毒を警戒してだろうか。おかげで動物や魔獣のヨルム蛾の被害はないという。

ユリアは周りに心配そうに見られながら歩いていたが、幾度か「身体強化魔法は得意だから大丈夫」と答えると、あまり気を遣われなくなった。そのほうが気楽でいい。

村が見えなくなり一時間ほども歩いた頃、視界の端に青銀色の光がちらりと見えた。

（え？）

ユリアが顔を向けるよりも先に声が上がった。

「ヨル！」

「ヨルだ！」

どうやら地元の人はヨルム蛾をヨルと呼んでいるらしい。

ユリアはのんきにしている場合ではないのに、つい美しい蛾に見惚れた。

まるで妖精だ。月の妖精のようだという表現は資料に載っていたが目の前にすると、なるほどと思う。

ふわりと波打つように青みがかった銀の羽が舞う。

きらきらと宙に放たれているのは毒の鱗粉だ。毒なのにこれほどに美しい。蛾は思っていたよりも大きく、羽を広げるとユリアの両手ほども大きさがある。

気がつくと、ひとりの青年が飛び出して矢をつがえていた。

村長の孫、マヌエルだ。

屈強な体躯に焦げ茶色の短髪、鋭い目をした青年は目にもとまらぬ早業で火矢を射った。

いつの間に矢に火を点けたのか。

領主家の子息ランゼは、ルシュカ村の狩人はさほどの魔力量は持っていないが、矢の先に括り付けた火薬を火魔法で発火させる早業は目をこらしてもわからないほどだと言っていた。

火矢は信じがたいほどの正確さでヨルム蛾を燃やした。

さらに舞い上がる銀の蛾も次々と燃えていく。

いったい、いつの間に矢を射るのか。

(うわ……)

あまりの見事さに言葉も出ない。

(神業……)

帝国の騎士たちも目を見張っていた。

銀の蛾が残らず燃え尽きると、マヌエルはほっとしたように振り返った。

「見える範囲にはいません。先に進みましょう」

ユリアはこくこくと頷き、皆もマヌエルの後に続いた。

間もなく枯れた群生地に到着した。

そう大きくはないが、明らかに不自然な枯れ地になっていた。

(悲惨だわ……)

ユリアは気を取り直して魔導具を取り出し、魔力を測定した。すでに日が過ぎていたので原因となる痕跡は残っていないかもしれないが、この辺りの他の地面も測定して数値を記録する。

「どうだい？」

レミアスが声をかけてきた。

マヌエルも心配そうに見ている。

「土はわずかに火属性の魔力が多いみたいです。でも、これだけじゃなんとも……。枯れ草には魔力はほぼ残ってないですね。ただ、この周りの雑草たちは少し変わってるみたい」

「変わってる？」

「周りにも魔力があるのは確かだわ。周囲の雑草自体は魔力のない種のはずなのに。でも、魔法の名残でもないのよね」

「そうだな。魔法で使われた感じの魔力ではなさそうだな」

レミアスは測定の魔導具を覗き込み僅かに眉を寄せた。

「それにしても、水葵は良い場所に生えるのね。見て、この黒土」

ユリアは群生地の土をそっと手に取って見せた。

「ふかふかの腐葉土に生えてる感じだわ。それなのに枯れてしまうなんてね。ところで、この棘のすごい草は魔草かしら」

ユリアは枯れた魔草から少し離れたところに繁茂しているくすんだ灰色の草を指さした。

「あぁ、これは灰イバラです。低級の植物型魔獣なんです」

マヌエルが答えた。

「魔獣なのね」

「そいつは、王妃様の仰っていた共生植物ではありませんよ。他の植物を駄目にして枯らしてしまう奴ですから。魔獣らしく、小動物を茨で絡め取って捕食したりしますが。他の植物を茨で裂いて根元から茎を刻んで駄目にするんです。この辺りが魔の森なのに薬草が少ないのは、こいつのせいですよ」

マヌエルの声音にはいかにも邪魔という気持ちが感じられる。

「まぁ、そうなのね。そういえば、ここに来るまで他の薬草はあまり見なかったわね」

「灰イバラが理由です。水葵は放っておいても小さめの群生を作ってそれなりに繁茂しますがこの灰イバラには負けますので、村人がたまに灰イバラを刈っていました。灰イバラは育つのは遅いので、たまに刈れば水葵を駄目にすることはありません」

「厄介ね。灰イバラも一応、測定しておきましょう。水葵の周りの環境は些細なことでも念入りに調べておきます。記録をお願い」

ユリアは記録係をしてくれている調査員に声をかけた。

「わかりました」

すぐにペンと筆記具を持った調査員が答えた。

調査は順調に進んでいく。

ユリアは他の群生地にも赴き測定を繰り返した。

この日は枯れた群生地も含めて四か所の調査を終えて帰った。それぞれの場所がさほど離れていなかったので良かったが、慎重に測定し記録していったために時間がかかった。

村に戻ると情報の整理を始める。

レミアスと調査員たちとで数値を並べた。

「この数値はなんだい？」

レミアスが、ユリアが赤く色づけした数値を指で叩く。

「魔草の周りから検出された魔力なの、正体不明の」

「正体不明？」

ランゼが俯き気味だった顔をあげた。

若き領主家の子息は、初めてヨルム蛾を見た時から元気を失っているように見えた。もとよりさほどお喋りな青年ではなかったが、挨拶ははきはきしているし、そこかしこを興味深く見ている様子はいかにも好奇心旺盛な若者だった。ユリアは密かに「元気オーラの子」と呼んでいた。年はそう離れていないのに弟っぽいのだ。

「ええ。なんだか魔力の色が気になって。僅かすぎて帝国製の高性能魔導具でもうまく魔法属性が測れないのだけど。他と色が違うのだけはわかるのね。で、その僅かな魔力が、水葵の周りには必ず検出されてるの」

（やっぱりどうもこの魔力が気になるわ）

僅かな魔力の正体がわからない。

「ふうん」

レミアスはユリアの説明を聞いて再度数値に視線を落とした。

「レミアス。もしかしたら、水葵は周りの雑草に魔力を与えているのかしら」

「そんなことがあり得るのかい」

「可能……ではあるわ、あまり聞いたことはないけど。可能ってだけよ。それに、水葵はそれほど魔力が高い魔草でもないので、あり得たとしても妙なんだけど。貴重な魔力をわざわざ漏らしてるなんて変よね」

ユリアは考え込んだ。けれど、考えても情報が少なすぎてわからない。

「けっこう手こずりそうだね」

「そうね……」

申し訳ない、とユリアは思った。自分は天才ではない。ひとつひとつ、こつこつと努力を積み重ねて今までは成果を上げてきた。

時間の制約があると思うとそれだけで焦りを感じてしまう。

「すまないね。可愛い子息のもとに早く帰りたいだろうけど」

レミアスが憂う表情になる。

「いいえ。母が頑張っていることを息子はわかってくれていると思いますから。やり遂げたいんです。そう言えば、サキは婚約者が待っていたりはしないの？」

ユリアは女性のサキに危険地帯まで来てもらっていることを気にしていた。サキは平気そうな顔をしているので普段は忘れているが。

「おりません！　実家の家族も大役を仰せつかったことを喜んでおりますのでお気になさらず！」

サキは相変わらず元気に答え、ついでに相棒のエディオをにこやかに振り返った。

「エディオも脳筋で有名で、婚約破棄されてますからご安心を！」

サキが情け容赦なく暴露した。

そういうところ、サキも脳筋だろう、とユリアは思う。周りの皆も思わず気の毒そうにエディオをちらりと窺っている。

「……有名ってほどでもないです」

エディオは気まずそうだ。

彼はユリアとは同い年だと聞いている。金茶色の柔らかなくせ毛に濃紺色の瞳で、凛々しく精悍なエディオはかなり格好良い。侯爵家の次男で父親は騎士団長という騎士のサラブレッドだ。条件はとても良い。

相手には困らなそうなのに婚約者はいない。

「婚約破棄の話は有名よね」

サキがさらに追い打ちをかける。

「……私に何か恨みでも？」

エディオが嫌そうな横目でサキを見た。

「うーん。ちょっと女の敵みたいなことはしてるな、と思いましたので」

「へぇ。どんなことを？」

レミアスが面白そうに尋ねた。

ユリアはレミアスには言わないほうがいいんじゃないかと思ったのだが、ここで上手く止めるような会話能力はユリアにはなかった。

エディオの婚約破棄の話はさすが有名なだけあってユリアも知っていた。

「いえ、元から私と婚約者は気が合わず。始終、文句を言われていたんです。その……私が脳筋だと。私としては、誕生日には花を欠かさず、士官学校で遠征のあったときには土産を渡したりなどしていたのですが。私がダンスはしたくなくて夜会をサボっていたのも悪かったらしく」

「思ったよりマメにしてたのね」

と、サキは「話が違うかも？」と言い出した。

「ダンスがしたくないとかいう理由で夜会の付き合いをサボるのはマメではないと思うよ」

レミアスが言うと、周りの従者たちも頷く。

ユリアもそれは同感だが、サキは「え……」とわかっていない様子。

おそらくサキもダンスとか夜会は面倒なんだろうな、と今のやり取りでよくわかった。

「だがまぁ、それで文句を言われたのか」

レミアスがとりあえず話を戻した。

「花に花言葉があったとか知らなくて。花屋で綺麗そうなのを選んでたのですが、『絶望』とか『偽善』という酷い花言葉があるなんて想像もしてなくて」

「うわ……」

ユリアはそれは酷いな、と言わないまでも思った。婚約者や恋人から贈られた花の花言葉を調べるのはたいていの令嬢ならやる。

「土産はどんなのを？」

レミアスが笑いを抑えるような顔でさらに尋ねる。

「珍しい石を拾ったので……」

「いし……」

皆が遠い目をする。

「そんなことが続いて、公衆の面前で婚約者に『あなたとの婚約は続けられないわ』と宣言されたんです。それ以前からのこともあるので、もうお仕舞いだと思いまして。その頃に他の女性に言い寄られてつい……」

「浮気した、と」

レミアスはもう笑顔だ。笑いを堪えるのを止めたらしい。

「もう終わってると思ったので私の中では浮気のつもりはなかったです。真面目に付き合う予定でした。少々、評判の悪い有名な女性だったので、すぐに知られてしまいましたが。彼女は貴人の愛人だったらしくて。私は知らなかったんですが、まるでお咎めなしだったのは、おふたりのお付き合いは反対されていたからのようです」

エディオはごまかすように第二王子のことを貴人と言う。ユリアはレミアスが知らずに済めばいいが、と祈りながら会話が終わるのを待った。

「ふうん、あの子、レーナでしたっけ、男爵令嬢の」

サキがとうとうその名を出してしまった。レミアスの婚約者候補にほんの一時、あがってボツになった令嬢。

（もぉ……サキってば……）

ユリアは、そっとレミアスを見た。

けれどレミアスは面白そうにただ見ているだけだ。どちらかと言うと、安らかな雰囲気だ。レミアスの従者もだ。

（あ、そうか。この話を聞いてますますレーナ嬢は止めておいて良かったと思ったのかも）

むしろ話されて良かったのね、とユリアは悟った。

エディオには気の毒だったが。

とりあえず、エディオを犠牲にした茶飲み話も終わり、再度、測定値の分析を始める。

ユリアは水葵本体を測った数値と、ルシュカ村やアルンセン領から提供されていた資料も開いて並べた。

「ヨルム蛾の毒は水葵以外には効かないということでしたが、確かに普通の毒とは違いますよね」

「そうだね。含まれている魔力に関しては、闇属性は僅かしかないし。光属性も微量に含まれている。主としてあるのは火属性か」

レミアスが頷く。

毒といえば、よくあるのは闇属性だ。それに火属性が合わさることで患部を爛《ただ》れさせたりする。水属性が含まれると身体の中を巡り症状を悪化させることもある。

闇の毒の解毒は光魔法が効く。ところがヨルム蛾の鱗粉には、強い火の属性に加えて、闇と光がほんの僅かずつ含まれている。

普通は、闇と光は一緒には存在しないものだ。とはいえ、双方が微量であれば共存している例はある。

生物の中に光と闇が共にあるのではなく、ある成分の中に僅かずつ含まれているケースは調べてみるとそれなりに事例がある。

今回の場合は、闇と火ががっちりと溶け込んでいて、光は鱗粉の他の成分とくっついているという例ではないかと考えられる。

そのような珍しい毒であるためか、水葵の他に痒みを抑える薬草が見つからない。

「ヨルム蛾自体には光魔法属性はないんですけど。こういう場合は、動物なり昆虫なりが、どこかからその光成分を摂取して紛れ込ませるものなんですよね」

「そうなんですか。どこかから……というのは、どういう風にですか？」

ランゼが身を乗り出して尋ねた。

「例えば、ミツバチが光魔法属性の花から蜜を吸ったり花粉を集めたりして、光魔法属性を含む花粉団子を作るのはわかりやすいですよね？」

「それはわかりますね」

ランゼが頷く。

「それで、ミツバチの中には、自分では光魔法属性は持ってなくても、光魔法入りの王乳という分泌液を作れるものもいるんですよ。摂取した蜜の魔力を利用するんです。同じように毒蛇の中には闇属性をもつ昆虫を食べて自分の毒に闇を含ませるものもいます。たまにあることです。光魔法属性をもつ花は魔の森の中には咲いていますしね」

「あぁ、そういうことなんですね」

「ヨルム蛾の食べ物の中には花の蜜とかがあるんでしょう……あ、そう言えば、毒蛇の解毒剤とかはその毒蛇の毒を使って作ったりするけど、ヨルム蛾の場合はできなかったんでしたっけ」

ユリアは資料で読んだ情報を思い出した。

前世知識をもつユリアは、おぼろげではあるが、毒蛇の血清は同じ毒蛇の毒から作ることを知っていた。作り方は確か日にちをかけて毒に慣らした動物の血液から作る、とかだったと思う。

今世の世界では、その時間のかかる血清作りを魔法でやってしまうのだ。薬の知識を持った錬金術師がささっと作ってしまう。

ソライエ帝国は大国だけあって優秀な錬金術師はいるのだが、ヨルム蛾の毒に関してはうまくいかなかったと資料にあった。

「毒にも多種多様なものがありまして。解毒の仕組みもまたさまざまにあり、必ずしも有効な解毒剤が作れるとは限らないようなんです。ヨルム蛾の毒は、解毒の方法が見つからなかったんです」

ランゼは無念そうに答えた。

ユリアたちは今後の予定を確認して、この日の打ち合わせを終わりにした。明日は天気が良ければもう一か所の要注意群生地に行く。そこはまだ枯れてはいないが魔草が弱っているという。村人が毎日のように様子を見に行っている所だった。

会議室に使っている村長家の広間を出ると、背後でマヌエルがレミアスの側近に話しかけられていた。

「では、マヌエル殿がガルジア殿に明日の予定を伝えておいてください」

「わかりました」

そんな会話が漏れ聞こえて、ユリアはため息が出そうになる。

ガルジアはトニオの息子だった。アルンセンの領兵に言いがかりをつけているあのトニオだ。

調査団が森に入るのに、ルシュカ村から幾人か案内や護衛の補佐や見届け役が同行している、ガルジアはそのひとりだった。

今、ルシュカ村は村長派とトニオ派に分かれている。トニオ派は、アルンセンの領兵に水葵が荒らされたと言い張っている連中だという。

夕食までの時間、ユリアは資料を眺めて過ごそうかと思いながら歩いていると、斜め横を歩いていたレミアスがふいに振り返った。

「茶でも飲んでいかないか」

にこやかに誘われた。

(何か話があるのね)

ユリアもにこやかに頷いた。

「ええ、ぜひ」

レミアスは簡素な村長家の客間でくつろぎ、ユリアものんびりと座った。

ルシュカ村の茶はなかなか香ばしくおいしいのだが、レミアスの従者は帝都から持ってきた茶葉でお茶をいれてくれた。

レミアスがそっとユリアに小声で話しかけた。

他の皆は察したように離れる。

「先ほどの毒の話で、思い出したことがあってね」

とレミアスは言う、「夢をみたことを」と。

「夢、ですか」

ユリアは戸惑った。この数日を過ごしただけでレミアスが顔の割にロマンチックとは縁のなさそうな性格とわかっていた。知性と感情のバランスで言えば、知性に大きく傾いているような皇太子だと思う。

彼に、「夢」などという言葉は不似合いだった。

「気恥ずかしい話なんだ。でも、真面目だよ」

レミアスは言いにくそうに前置きをしてから話を始めた。

「ヨルム蛾の被害についての報告を聞き、しばらくして夢をみたんだ。聖女が被害に遭った村人を救う夢だった。やけに現実的な感じのする夢でね。夢の中では聖女の聖魔法で村人の爛れた皮膚が癒やされていた。それで、我が国の聖女殿に頼んでみたんだ」

「資料にあったあの記録はそうだったんですか」

聖女が村人を治療したことが載っていたのだ。

「そうだ。すでに引退された聖女殿に相談をしたところ応じてくださった。もうご高齢の方だが、一緒にアルンセンの領主邸まで同行してくれたんだ。さすがに村に泊まるのは彼女には負担だろうと思ったのでね。それに、試験的な試みだった。治癒魔法はあまり効かないと言われていたのでね」

「治癒魔法が効かないなんて、難敵ですね」

「まったくだよ。あの時も、残念ながら、村人はふたりしか救えなかった。ヴィアナ殿は悔しそうにされていたよ」

「とても難しかったみたいですね。『難病の治療なみに解毒と癒やしが困難』と書いてありましたけど」

「そうなんだ。思うよりもあの蛾の毒は複雑だったらしい。治癒によって患者の快復力を上げようとすると病気の症状まで活性化させてしまうことがあるのは、聞いたことがあるかい？」

「あります。病気の治癒は怪我の治癒とは違うんですよね」

ユリアは、例えば若者の場合、生命力が高いがゆえにかえって病気の進行が早いことに似ていると思った。似ているというより、正にそういうことかもしれない。

「長い年月、患者と向き合ってきたヴィアナ殿だからこそ、痒みを悪化させないようにして患部の症状を改善させることができたんだろう。だが、高齢の聖女にだいぶ無理をさせてしまった。それなのに、たったふたりの村人が救われただけだった。つまり、聖女に頼るのは現実的ではなかった。夢は……残念ながら、夢に過ぎなかったんだ」

レミアスは平穏な表情をしていながら、辛そうに見えた。

「でも、ふたりも魔草がなくても救えることがわかったんですよね」

「それはそうだけれど。ユリアに私の懺悔《ざんげ》を聞いてもらおうと思ってね」

レミアスが薄く笑う。

「懺悔ですか？　何か悪いことをしました？」

ユリアは首を傾げた。

「悪いことって……ズバリ訊くね。そうなんだ。夢には続きがあったんだよ。夢の中の聖女殿は高齢ではなかったんだ。まだ若い女性だった。それで、苦しんでいた村人を救ってくれた。夢の中ではなぜか水葵が使えなかった。全滅していた」

「それは……半分、悪夢みたいな……」

「そうだ、不吉だな。でも、夢では村人を救える聖女がいたものだからそこまで悲惨じゃなかった。それで、村が救われたのち、私は彼女と結婚していた」

「あら……」

ユリアはつい、間の抜けた声が出た。

「それで、村を救える聖女の可能性を調べたとき、邪な目的がなかったかというと自信がない」

「いえいえ、それは……願望と、村を救うために模索していた事実とは分けて考えるべきですよ、夢の中では、試みようとしていた考えとともに、そろそろ婚約者が欲しいという願望がくっついちゃっただけでしょう」

「ハハ。笑えるな」

レミアスが苦笑した。

「ぜひ、この現実の村で、村人を救いましょう！」

ユリアが力強く言うと、レミアスも屈託なく笑った。

「ああ。そうしよう」


明くる日の天候はユリアのやる気に反して雨が降っていた。そのため、もう一か所の群生地にはその明くる日に向かった。

ようやく着いた群生地でユリアたちは、すっかりしなび果てた水葵を見ることとなった。

とりあえず、いつも以上に念入りに調査を行い、村に戻り村長らに報告を行った。

案の定、三役のトニオが怒りに顔を赤く染めた。

「よそ者が森に入るたびに水葵が消えていくのをなんと説明するつもりですか！」

あきれ果てた言い方だが、予想していたので誰も驚きはしなかった。

「説明もなにも。このたびの水葵の現状は、よそ者とはなんら関係がないとわかっただけですわ」

ユリアは肩をすくめて教えてやった。

「なにも説明になっておらんですが！」

「貴様！　不敬であろう！」

護衛の騎士や従者らまでもが殺気だった。

「まぁまぁ、ここでは不敬とかは問題にしなくて良いですわ。でも、それより、もっと知的に話ができないのかしら。これじゃ、幼子のほうがまだ話が通じるわ」

「なっ！」

トニオが固まったので、ユリアは話を進めた。

「水葵の様子を見てきましたけれど、どうやら魔力が減っているようですね。でも、他に外因があるようにも見えないのよ。傷がついているわけでもないし、カラカラに乾いているわけでもない。周りには踏まれた足跡もなかったわ。それはガルジア殿も見ていますからね」

息子の名を言われ、トニオは唇を噛む。ガルジアもこの場にいたが、青年の父親を見る目は冷たかった。

トニオは本当なら自分が森に着いてきたかったことだろう。だが、彼は足が悪い。資料の中にあるヨルム蛾にやられて足を切り落とした木こりはトニオのことだ。

それは気の毒なこととは思うが、それとこれとは話が別だ。

「魔法の名残みたいなものもなかったわね。そもそも、近寄りもしないでどうやってそんな状態にできるのかしら？　つまり、領兵たちが短時間でやれるようなことではない、ということ。いつまでもえん罪を叫ぶのは止めるべきじゃないかしら」

ユリアがこてん、と首を傾げるとトニオの顔がさらに赤くなる。

「そういうわけだ。これ以上、根拠のない言いがかりで村の雰囲気と評判をおとしめるのなら、三役を降りることを考えろ」

村長が締めの言葉を言ってやり、この場は散会となった。

その後。

ユリアたちはまた広間に集まった。

「トニオさんにはああ言ったけど、原因をちゃんと突き止めないとね」

ユリアはつい物憂い口調になった。

「だが、枯れる前段階の魔草の様子が観察できたのだから、少しは前進ではないか」

レミアスが前向きに述べた。

「それはそうですけど……」

ユリアは資料をめくりながら考え込む。

「あの……」

ふいに聞こえた声に室内の視線が集まった。

声の主はランゼだった。

「どうした?」

レミアスが応えた。

「アルンセン領主邸には古い記録が残されています。古い家ですから山ほどにあります。その中には、ルシュカ村のヨルム蛾に関するものも少なからずあります。ほとんどがすでに知られていることですが。アルンセン領としても、魔獣の森の管理において重要な拠点と位置づけているルシュカ村の現状は、古来より憂いていたわけです」

「ふむ、それで?」

レミアスの相づちにランゼは頷く。

「それで、ほんの一文なんですが、気になる文言があったのです。言い難いのですが」

ランゼは、ちらりと室内に視線を走らせる。

ここはレミアスが内輪の会議に使うために借りている居間だった。今室内にいるのは、マリアデアの三人と、レミアスが連れてきた従者や調査員の他は、ランゼとマヌエルだけだ。

つまり、トニオ派の人間はいなかった。ガルジアがいつも打ち合わせに参加しないのは、ランゼに気を遣ってだとマヌエルは言っていた。領兵に文句をつけている男の息子だからだ。

マヌエル以外は村の人間がいないことを確認したのか、ランゼは口を開いた。

「ルシュカ村の者には言い難いんです。アルンセン領としても、ルシュカ村の人々の心情を逆なでしたいわけではない。その記録の日付は百年も前のものです。村を調査した調査員が記したんです。『ヨルム蛾には命がないように見える。ただ操られているようだ』と」

「操られている？　それはつまり、毒蛾を操っている本体がいるということか」

レミアスが皆の声を代表するかのように尋ねた。

「その一文だけでは判断のしようがないので、表には出さないでいました。領主家の教育として古い資料は読みますが、何ら根拠もなく記された一文なので。ですが、私はこのたびヨルム蛾の実物を見て思ったんです。評判どおり綺麗なものですが、まるで作り物みたいだと。生命がないと言われても頷ける。もしかしたら、百年前の調査員の記録は本当ではないかと」

「そうなると、操っている主は何だと思う？」

「これは、私の想像でしかないのですが。知能を持った魔獣か何かかもしれないと……」

ランゼは自信なげにそう言った。この場で想像を述べるのは抵抗があるのだろう。

「ふうん。なぜそいつはヨルム蛾を操る？」

荒唐無稽の話かもしれないが、問い質すレミアスの口調はごく真面目なものだった。

「それも謎ですが。村人たちは、ヨルム蛾は夜間に動きが活発になると言っています。昔から言われていたことです。ヨルム蛾は、なぜ夜間に動き回ってるんでしょうか。生き物を毒で攻撃したいのなら昼間に動けば良いのに」

「それはそうだな。この辺の魔獣は毛が厚く皮が丈夫で蛾の毒はあまり効かないようだから、捕食のためとかではないと思っていたが。そもそも殺す毒ではないし、あの蛾は肉食ではなく花の蜜を食べているらしいしな」

レミアスが思案げに呟く。

「はい。蛾の口の構造などを見ると、どうしてもそうなります」

マヌエルが頷きながら熱心に答えた。

「夜間は繁殖行動とかではないかしら。番《つがい》を探してる、とか」

ユリアは単純にそう思っていた。

「そうかもしれませんが、操っている本体に会いに行ってるのか、と私は考えたんです。ユリア殿下が言っていましたよね？　ヨルム蛾は光魔法属性の何かを食べているはずだ、と。本体が与えているのかもしれません」

「なるほど……でも確かに夜間にその餌を食べている可能性はありますよね。そうしたら、その餌を減らしてやればヨルム蛾の数は減るかも……」

ユリアの脳裏に蛾に餌を与える植物型魔獣の妄想が浮かぶ。

「この謎を解くには、方法はひとつしかないな」

レミアスがぽつりと結論を述べた。

「夜間はこの村は外出禁止ですけどね」

ユリアが苦笑する。

「私は、ひとりでも行きます。父が領主家の宝物庫から良い結界の魔導具を掘り出してきたので行けます」

ランゼは腕輪型の魔導具を握りしめている。

「大丈夫だ。皆、同じ気持ちだ」

レミアスが不敵に笑った。


すぐにも夜間調査に行きたいところだったが、そう簡単にはいかないことがわかった。

村長の孫マヌエルは、

「よほどの装備をしなければ死にに行くようなものです」

と難色を示した。

マヌエルは話し合いの場にはいたし、調査の必要性は感じているようだが、まず無理だという。なゼルシュカ村で夜間外出が厳禁だったかといえば本当に危険だからだ。

魔の森の中は漆黒の闇だ。

少しでも明るさがあればヨルム蛾の姿を見つけられるが、それができない。おまけに、暗闇で見えなければ矢をつがえるのにも素早くはできない。そもそも狙うこともできないが、それ以前の話だ。

灯りを持っていけば良さそうなものだが、

「蛾は灯りのあるところに集まるんですよ」

とあっさり言われた。

そこでレミアスは、夜目の利く魔導具を運ばせた。

眼鏡型のそれは、かければ明かりがまったくなくてもフクロウのごとく見えるという。夜に明かりを消した室内でテストして見ると本当に真昼のようによく見えた。

さらに、同じく夜目の利く記録用の魔導具も用意したので、ヨルム蛾の生態をしっかり記録できる。

帝都の研究所からは「効くかわかりませんが」と但し書き付きで「虫除け」も送られてきた。魔力を持つ虫を避ける効果があるという。

ヨルム蛾で一応、試してみたところ、普段の勢いを削ぐことはできた。「ないよりはマシ」な効果があったので使うことにした。

準備が整うと夜間の調査のために慎重に人選をした。

ユリアは当然、行くつもりだったがエディオに反対された。

「とんでもありません！」

背の高い屈強な騎士に頭上から言われるとかなりの圧迫感がある。

「平気だってば。強力な防御の魔導具持ってるから」

ユリアは朗らかに腕輪を叩いて見せた。

「それでも駄目です。私が代わりに行きます」

「危ないからエディオは留守番でいいわよ」

ユリアがそう言うと、エディオが目を見開いた。

「何を仰る！　陛下が激怒します！」

「まぁまぁ、マリアデアの三人は参加でいいんじゃないか。ユリアが持ってる魔導具はかなりの優れものみたいだし。うちで用意した魔導具と重ねて使えば問題ないだろう。それに、エディオとサキの戦力も使えるしな」

皇太子に言われエディオはようやく文句を引っ込め、「わかりました」と下がった。

サキは機嫌よく「はい！」と答えている。

サキは夜目用の魔導具が気に入っているので嬉しそうだ。そういうところが脳筋だと思う。

エディオは「ユリア様はいざとなったら私の背中から離れないでください」とちゃんと心配しているが、サキは夜目用の眼鏡をかけて「これでバッチリです！」とはしゃいでいる。サキはエディオを脳筋だと言っているが、ユリアは密かにサキのほうが程度が酷いと思っていた。

ルシュカ村からはいつものマヌエルとガルジア、アルンセン領代表としてランゼが同行する。調査員たちは留守番だが、レミアスについている護衛の騎士たちは当然、一緒だ。

夜の森はさすがに不気味だった。夜間だからか、生臭い魔の森の匂いが濃いような気がする。獣たちの声が低く響き葉擦れの音に混じっている。

打ち合わせではなるべく静かに移動し、ヨルム蛾の生態を調べるつもりだった。そのため一行は一言も喋らず酷く静かだ。

森の音と皆の息づかい、草を踏む音だけが聞こえる闇の中、銀の羽が行く手に見えた。

（ヨルム蛾だわ）

いつもならすぐに火矢を射ったり、炎撃で燃やすのだが、今日は生態調査のためにこちらに向かって来ない限りは放置だ。

こんな調査は初めてだとマヌエルは言っていた。夜間は危険なためにやりたくてもできなかっただろう。

ふわりふわりと青銀の羽を優雅に波打たせる蛾を追うようにさらに奥へ進む。

右手からまた銀の羽が舞うのが見えた。左手奥でも数匹の蛾が飛んでいる。

高性能の夜目の魔導具のおかげで、ふわりふわりと増えていく蛾がよく見える。増えるたび、びくびくと怖気に震えた。じわりと手汗を感じる。

暗い森の中で見るヨルム蛾は月の妖精というより、青銀色の幽鬼のようだ。夢のように美しいのに冷たく邪悪な生き物にしか見えない。生き物という気配も希薄だ。

生きているのだろうけれど、命の温かさを感じない。

ランゼの言うとおり、本当に操られているだけの幻みたいなものなのかもしれない。

被害に遭う村人たちがいるのだから決して幻ではないが、邪悪な幻なら災厄を運んできても不思議はない。

背の高い騎士たちは少し背を屈めて先を行く。虫除けが効いているのか、今のところこちらに近づく蛾はいない。

奥へ進むにつれ、ヨルム蛾は増えていった。

あまりの禍々しさに叫びたくなる。ユリアは必死に心を落ち着かせる。

ふいに森が途切れて視界が開けた。

（ここは……）

息をするのも忘れその光景に見入った。

ヨルム蛾の主がいるはずだった。

確かにいるのかもしれない。

そこはまるで青銀色の花畑だった。数多のヨルム蛾が群れて揺れて、優雅に舞っている。

幻の世界にでも迷い込んだようだ。現実とは思えないほどに幻想的で美しく、不気味だった。

（水葵の……群生地）

ヨルム蛾は先を争うように水葵の蜜を求めていた。彼らの餌だ。

蜜を吸っては舞い上がり、吸っては仲間たちと優美に踊る。

「そんな……」

呟いたのはガルシアだった。

レミアスがヨルム蛾の食事の様を十二分に記録すると、一行は静かに群生地を後にした。


五日後。

村の集会場で調査結果の発表がされた。

ヨルム蛾が集団で水葵の蜜を求めている記録動画は村人たちに衝撃を与えた。

「つまり、水葵の共生生物は、ヨルム蛾だった」

レミアスが淡々と述べると、村人たちは一様に息をのんだ。

次いでユリアが説明に立った。

「水葵はふかふかの腐葉土がたっぷりのところに繁茂していました。その腐葉土がこれですが」

ユリアは腐葉土らしき草の塊を見せる。

「この腐葉土は、根が付いたまま朽ちてたんです。ヨルム蛾の生態を調べた魔導具で見たとおり、ヨルム蛾は水葵の周りの草に鱗粉を振りかけていました。すると、雑草は朽ちます。それで生きたまま腐葉土になっていくのです。このふかふかの腐葉土は水葵の良い栄養源になります。魔力を含んだ古い鱗粉の再利用にもなりますからね。ヨルム蛾はそうやって水葵を育ててました。それから……」

と、ユリアは資料を手に取った。

「ヨルム蛾の鱗粉に含まれていた光属性の魔力についてですが、帝都に送って魔力波動を調べてもらったところ、水葵の光属性の魔力と同じであろうとわかりました。ヨルム蛾は水葵から毒の成分の一部となる魔力を蜜と一緒にもらい、その代わり腐葉土作りをしていたわけです」

ユリアが話し終えると、それまでおとなしくしていたトニオがおもむろに立ち上がった。

「そんな荒唐無稽な説を信じられるわけがありません。おかしいじゃないですか。それが水葵が枯れた原因とどうつながるのか」

「水葵はヨルム蛾の面倒をみて、逆にヨルム蛾が水葵の面倒をみていたわけです。だから、ヨルム蛾が減ると、水葵も数を減らしたんですよ」

「そんな交換みたいなことを奴らがするはずがないでしょう！　知性なんかないんだから」

「知性ですか……知性の定義から考えないといけないですね。知性とは、物事をうまく進めていく知的な能力としましょうか。そうすると、ぴたりと合いますよ。彼らは、互いに必要だったから、互いの能力を使っていただけです」

「そ、そんな馬鹿な……。だが、それなら、ヨルム蛾はなぜ人を襲った。必要ないじゃないか」

「それは……」

「答えられないだろう！　必要のないことをやってるじゃないか！　連中など、知性の欠片もない！　野蛮な本能があるだけのものだ！」

ユリアが答えに詰まったまま黙り込んでいると、レミアスがすっと、前に出た。

「ユリア殿下は言い難いので答えていないだけだ。なぜ言い難いのだと思う？　トニオ」

「単に答えられないからではありませんか！」

「では教えてやろう。あの森に灰イバラがあるからだ」

「は、灰イバラ？」

トニオは呆けたように繰り返す。

「灰イバラは、水葵を棘で切り裂く。水葵の天敵だな。だが、水葵が必要な魔草だと思えば、人間は灰イバラを刈り取ってくれる」

「そ……そんなこと……」

トニオは目を剝いたままそれきり押し黙った。

「ヨルム蛾が鱗粉の毒を人に撒き、その薬として貴重な魔草は大事にされる。ヨルム蛾と水葵の共生生活に、人は必要だった」

重い沈黙が降りた。

「私らは……どうするべきですかの？」

村長がぽつりと誰にともなく尋ねた。

「方法を考えました」

ユリアが答えた。

ガルシアがそっと尋ねる。

「どんなですか？」

「ヨルム蛾を生け捕りにするんです。それで、檻に入れて水葵の群生地の要所要所に置きます。そうすれば、ヨルム蛾は人を襲わず、水葵を育てる。村の人の薬がすっかり必要なくなるまで、ヨルム蛾を飼います」

「なるほど……良さそうな考えですね」

村長が感心したように頷いた。

「ヨルム蛾飼育作戦のために、国は協力を惜しまない」

レミアスが宣言し、ランゼも隣で声をあげた。

「アルンセン領ももちろん、支援します」

ようやく広間の人々の表情が少し明るくなった。


ヨルム蛾捕獲作戦のため、レミアスがまた装備を充実させ騎士らと森に向かったころ。

ユリアは村の女性たちと親しくなろうと計画していた。

村ではあまり出歩く人を見かけないのだが、みんながいる場所があるという。ユリアは村長の孫娘ミランとその場所に向かった。

集会所の裏庭はとても賑やかだった。村中の女性と子どもたちが集まっているようだ。

裏庭にはあずまやのような、屋根と柱だけの建物が建っていた。屋根はとても低い。女性の中では背の高いサキは頭がぶつかりそうだ。

ミランは「屋根が低いほうが、ヨルが寄ってこないんですよ」と教えた。

「ここは安心なのね」

ユリアが尋ねると、ミランは「絶対安心というわけではないんですが、これがあるとずいぶん違うんですよ」と少し言い難そうに答えた。

「やつが来たら、私が燃やします」

サキが自信満々に答え、ミランは微笑んだ。

広いあずまやの中では子どもたちが遊び、女性たちがお喋りをしながら籠を編んだり手作業をしたりしていたが、ユリアの姿を見ると一斉に立ち上がってお辞儀をした。

「こんにちは。そんなに畏まらないで。お邪魔してごめんなさい。調査が一段落したから何かお手伝いをするわ」

「とんでもございません、王妃様のお手を煩わせるなんて」

女性たちが顔色を変えてしまった。

ミランは苦笑して空いている席をユリアに勧めた。皆は、そろそろと作業を再開したが、お喋りは途絶えたままだ。

(うーん。ちょっと親しくしたかったんだけど。急には無理かな)

それでもめげずにユリアは持ってきた薬を取り出した。

「あのね、これは傷跡を目立たなくする軟膏なの。色素沈着に効果があって。薬効成分たっぷりの魔草が原料で……見てもらったほうが早いわね」

ユリアは袖をめくって腕を見せた。

「ここ。山で魔草を採っていて枝で怪我をしたの。それでこの薬を作ったの。赤みは消えてるでしょう。皮膚の引き攣れた痕は少し残ってるけど」

ユリアが説明をすると女性たちの視線が集まった。

サキも騎士服の袖をめくった。

「私も王妃様に薬を分けていただきました！　訓練中にこさえた傷です！　傷跡は騎士の勲章ですけど、せっかくですから使わせていただきました！　赤っぽい皮膚が薄くなりました！」

サキは騎士の報告のようにはきはきと話す。

「皆さんがよろしければ、差し上げようと思って持ってきました」

ユリアが幾つかの瓶を指し示すとミランがおずおずと歩み出た。

「よろしいんですか、貴重なお薬を……」

「もちろんです」

ユリアはにこやかに頷いて答えた。

「でも、あまり高価なお薬は……」

額に痕のある少女が残念そうに呟く。

「えと、お金の心配は要らないです。まず、持ってきた分のお薬は私からの手土産ですから。それから、足りない分は、レミアス殿下がご自分の小遣いで買って贈るとか言ってましたわ。もしも、もっと村の人が使ってくれるようでしたら、『帝都婦人の会』というボランティア団体があるんですけれど、ルシュカ村の話を聞いて力になりたいとか言ってくれてるみたいですし」

「そ、そうなんですか」

ミランが驚いて目を瞬いている。

「はい。私も及ばずながら、両国の友好のために尽力させてもらいますから。男性陣も使ってほしいわ。男の人は気にしてないのかもしれないけど。奥様たちは旦那様の痕を痛ましく思われてるかもしれないし」

ユリアがそう言うと婦人たちが頷いた。

ユリアはそれから、詳しい薬の使い方をしっかりと伝授し、あるだけの薬を渡した。


その頃、レミアスたちは取り寄せた檻に捕まえたヨルム蛾を入れ、水葵の群生地にくまなく配するように運んでいた。

のちに、ヨルム蛾の檻を置いたところは、弱っていた水葵が回復することが確認された。

ヨルム蛾飼育作戦が順調に波に乗ると、ユリアはマリアデア王国への岐路についた。

「サキは残っても良いのよ」

ユリアは魔導車の前でサキににこやかに話しかけた。サキが村長の孫のマヌエルとやけに仲良くしていることはとうに気付いていた。

「な、なにを仰いますか！　王妃様を陛下の腕の中にお届けするまでが私の任務です！」

サキが焦って答えた。

「……腕の中ってのは余計よ。まぁ、長期休みになったら来ればいいわよね。今回の仕事で特別手当がつくから旅費は楽勝よ。なんなら、作戦の確認のために出張のお仕事をしてもらってもいいし」

「本当ですか！　頑張ります！」

サキがあからさまに喜んだ。

（ちょっと思いついただけなんだけど。ホントに出張してもらったほうが良いかも？）

そばで聞いていたレミアスが楽しげにエディオに尋ねた。

「また振られたのかい？」

「は？　いえ！　自分はサキ殿には相棒以上の感情はまったくありません！」

「そうよね……」

ふたりがくっつくとフォロー役がいないので止めたほうがいいだろうとユリアは思った。

広場では、村人たちが見送りをしてくれた。

トニオは神妙に頭を下げた。

「誠に申し訳ありませんでした」

すっかりおとなしくなったクレーマーの彼にユリアは苦笑した。

「私はかまわないんですけれどね。村のために危険な仕事をして謂れのない文句を言われた領兵たちにはきっちりお詫びをしたほうが良いと思いますよ」

「はい。命をかけて償いをさせていただきます」

トニオはさらに頭を下げた。

（命まではかけなくてもいいんだけどなぁ。でも猛省してくれたのなら良いことだわ）

本当なら不敬罪に問われそうな言動をされたが、彼の欠けた足を見るとそれ以上、言えなくなるのだ。

ユリアとサキのもとに村の少女たちが歩み寄る。

「おいしくて栄養のある木の実なんです。ヨルム蛾が減ったので採りに行きやすくなりました。王妃様たちのおかげです。傷薬もありがとうございました」

籠いっぱいのクルミのような木の実をいただいた。

少女たちのお礼の声を聞きながらユリアは魔導車に乗り込んだ。

綺麗な良い村だった。

平和が訪れてくれたら良い。

一行はなんとか成功を収められつつある村を後にした。


マリアデア王国に帰国しユリアの生活は日常に戻った。帝国での滞在が長引いた上に手紙のやり取りも満足にできなかったため、ローレンにはずいぶん拗ねられたがそれも徐々に収まったころ。

ユリアはいつも愛読している機関誌「世界植物学会報」が来ていたので熟読していた。いつもながら興味深い内容だった。

熱心に読んでいるうちに記事のひとつが目にとまった。ドリスタ王国の「異界の森」でまた新種の魔草が見つかったという。

（そうだわ。ドリスタ王国の異界の森にはとんでもなく変な魔草とか、亜種と分類されてても本当に亜種と言って良いのかわからないくらいのものがけっこうあるのよ）

水葵に近い魔草があるかもと思いつき、ユリアは過去の機関誌も読みあさった。

すると、一号前の機関誌に載っていた魔草がかなり有望株ではないかと思われた。魔草の持つ魔力属性の割合や有効成分が、水葵と一致していると言って良いほどに近い。

ユリアはすぐにレミアスへ連絡を入れた。


それから二か月ほど後。

魔草の件はどうなったのかと気になりながら公務に追われていたところ、レミアスから手紙が届いた。

「レン。レミアスの婚約者が決まったみたい。ドリスタ王国の伯爵令嬢」

ユリアは手紙を読みながらローレンに教えた。

「へぇ。ドリスタ王国の？　もしかして、例の異界の魔草がきっかけとか？」

「そうよ。その例の魔草を発見して採取したのが、ソロで異界の森に潜っていた伯爵令嬢で……」

「なんだかユリアと同種の匂いがするな……」

ローレンが遠い目をする。

「失礼だわ、その言い方。まぁ、当たらずとも遠からずな気もするけど」

ユリアはさすがにオタクの自覚はあった。

レミアスは、魔草をルシュカ村に運んで村の水葵と同じ効能があるか調べた。ヨルム蛾の残党にやられた村人はまだ幾人もいた。それで試験的に使ってみたところ、異界の魔草は水葵とほぼ変わらない効果を発揮してくれた。

件の令嬢は、そのために必要な量の魔草を異界の森に採りに行ってくれたのだという。伯爵家の三女で剣の腕が良いので異界の森で活躍していた女性だ。
ふたりが正式に婚約披露の宴を開いたのはユリアが帰国して四か月ほどのちのこと。大国の皇族にしてはスピード婚約だった。

《了》

あとがき

このページを開いていただき、ありがとうございます。早田結です。

「元農大女子には悪役令嬢はムリです！」二巻を出版していただけることとなり、幸甚の至りです。

二巻でのユリアは王妃となっても不得意な社交は控え気味に以前と同じリケジョぶりを発揮しております。品種改良で功績のあることが知られて、むしろますます自分の好きなことをやらせてもらっているという。そんな王妃らしくないユリアと、相変わらず少々残念な旦那様と、俳優となったリグラスたちの活躍と日常と愛と涙……をお楽しみいただければ幸いです。

また、二巻の内容はほとんどが書き下ろしですが、小説投稿サイトで公開されていたものが三話含まれております。三話とも加筆修正がされてますので、サイトの読者の方も少々違う感じでお読みいただけると思います。


一巻では計画中となっていたコミカライズですが、白泉社様のタテコミで実現いたしました。

木ノ枝純様の麗しい絵でユリアたちがタテコミに登場です。ローレンが甘い美男でしかもアグレッシブで格好良いという、魅惑の王子様ぶり（二巻では王様です）。おかげで残念部分が少し（？）紛れてます。面白かわゆいユリアとローレンとのほんわかロマンスに、セクシー美女なレーナや、ダメ王子なのにやたら魅惑的なリグラスたちとの絡みが二次元の世界に展開されて、見応え満載です。

今回も表紙と挿絵は桶乃かもく様に描いていただきました。表紙はふたりの動きのある少しレトロな雰囲気の絵が素敵です。挿絵のユリアやリグラスは思わず頁をめくる手がとまる綺麗かわいさ、ローレンが癒やし系で、これはもう目のご褒美ですね。物語をより魅力的に豊かにしてくださいました。ありがとうございます。

また、出版にあたりご尽力いただきました関係者の皆様に心より感謝申し上げます。

末筆となりますが、この度は数ある中から「元農大女子には悪役令嬢はムリです！」をお手にとっていただき、誠にありがとうございました。

早田結

転生貴族の異世界冒険録
～カインのやりすぎギルド日記～
原作：夜州
漫画：佐々木あかね
キャラクター原案：藻
レベル１の最強賢者
原作：木塚麻弥
漫画：かん奈
キャラクター原案：水季
我輩は猫魔導師である
原作：猫神研究信仰会
漫画：三國大和
キャラクター原案：ハム

神獣郷オンライン！
原作：時雨オオカミ
漫画：春千秋
ウィル様は今日も
魔法で遊んでいます。ねくすと！
原作：綾河ららら
漫画：秋嶋うおと
キャラクター原案：ネコメガネ
バートレット英雄譚
原作：上谷岩清
漫画：三國大和
キャラクター原案：桧野ひなこ
コミックポルカ
COMICPOLCA
話題のコミカライズ作品を続々掲載中！
毎週金曜更新
公式サイト
https://www.123hon.com/polca
Twitter
https://twitter.com/comic_polca
コミックポルカ
検索

元農大女子には悪役令嬢はムリです！ 2

発 行
2023年2月15日　初版第一刷発行

著 者
早田 結

発行人
山崎 篤

発行・発売
株式会社一二三書房
〒101-0003　東京都千代田区一ツ橋2-4-3 光文恒産ビル
03-3265-1881

デザイン
百足屋ユウコ＋フクシマナオ（ムシカゴグラフィクス）

印 刷
中央精版印刷株式会社

作品の感想、ファンレターをお待ちしております。
〒101-0003　東京都千代田区一ツ橋2-4-3 光文恒産ビル
株式会社一二三書房
早田 結 先生／桶乃 かもく 先生

Printed in Japan, ISBN 978-4-89199-932-2 C0093
※本書は小説投稿サイト「小説家になろう」（https://syosetu.com/）に
掲載された作品を加筆修正し書籍化したものです。